Protection rapprochée

ZARA COX

Protection rapprochée

Traduction française de
EMMANUELLE SANDER

MAGNETIC

HARLEQUIN

Titre original :
CLOSE TO THE EDGE

HARPERCOLLINS FRANCE
83-85, boulevard Vincent-Auriol, 75646 PARIS CEDEX 13
Service Lectrices — Tél. : 01 45 82 47 47

www.harlequin.fr

ISBN 978-2-2804-1698-6

1

Caleb

Mais quelle mauvaise idée j'avais eue de regarder l'heure à mon poignet… En effet, dès que j'eus posé mes yeux sur l'écran noir et bleu de ma montre, je compris que je ne me sortirais pas de tout ce cirque avant une bonne demi-heure.

Et merde !

— Oh ! je te fais perdre ton temps ? Tu as un rendez-vous plus important ?

Je poussai un soupir en entendant la petite voix tout près de moi.

Ma capacité à retourner les événements, bons ou mauvais, à mon avantage, était ce qui avait fait ma renommée.

Mais personne ne commence sa vie en imaginant devenir un jour ce que je suis, à savoir un ange gardien.

Je ne m'en étais jamais plaint jusqu'à présent. J'étais doué dans mon travail. Parfois, j'aurais préféré l'être moins, d'ailleurs. Mais inutile de me voiler la face... La plupart du temps, j'aimais ce que je faisais. Ce n'était pas le cas ce soir. Les appels que je recevais à 2 heures du matin étaient toujours les pires. Surtout lorsqu'ils interrompaient des préliminaires très prometteurs.

Mais comment résister aux sirènes du travail lorsqu'elles résonnaient ? Il fallait savoir endurer quelques frustrations. Et lorsque mes propres démons me harcelaient, elles m'offraient la possibilité de les fuir.

J'enfonçai les mains dans mes poches et observai l'homme-enfant au regard vitreux qui était en train d'enjamber la balustrade sous mes yeux.

— Oui, tu as raison. Il faut vraiment que je m'en aille, dis-je. Alors, si tu as l'intention de sauter, fais-le vite pour que je puisse reprendre le cours de ma soirée.

Seigneur, tu viens de te surpasser cette fois, Steele.

L'expression choquée qui traversa le visage torturé de mon client confirma mes pensées.

— Tu es sérieux ?

— Aussi sérieux que les sourcils de M. Spock. C'est la quatrième fois que je dois gérer ton... mal de vivre ce mois-ci. Normalement, je devrais m'en laver les mains ou t'emmener en cure de désintoxication. Mais j'ai promis à ton père de veiller sur toi. La seule chose à laquelle tu sois accro, c'est la paresse.

— Tu ne sais pas ce que tu dis. Le groupe m'a viré !

— Ils t'ont viré parce qu'une fois de plus tu avais

programmé ton GPS sur le mauvais endroit. Cette fois-ci c'était Cabo au lieu du studio de Culver City. Le mois dernier, c'était Las Vegas. Le mois précédent, c'était Atlantic City. Je me trompe ?

— Je ne peux pas me présenter comme ça et chanter ! J'ai besoin d'inspiration, répondit Ross Jonas en faisant la grimace.

— Et tu penses que tu vas la trouver en sautant de ton balcon ? demandai-je en haussant les épaules. Alors vas-y. Je peux te trouver une belle table d'autopsie à la morgue dès demain matin.

— Bon sang, tu es vraiment un homme à part, marmonna Ross.

J'aurais préféré entendre ces paroles de la bouche d'une autre personne, surtout des lèvres carmin de la femme que j'avais laissée dans mon lit, pensai-je en fermant les yeux. Lorsque je les rouvris, Ross était toujours là. Quelle galère !

Je n'étais pas assez pervers pour souhaiter la mort de mon client mais je voulais mettre un terme à cette situation.

Ross n'était pas prêt à sauter.

Nous avions joué à ce petit jeu beaucoup trop souvent. Il choisissait cette suite parce qu'elle surplombait fort à propos une piscine profonde située six étages en dessous. Et si par une exceptionnelle malchance, il n'atterrissait pas dans le bassin, j'avais posté quatre hommes au rez-de-chaussée du Beverly Hills Hotel avec un matelas gonflable géant pour amortir sa chute. J'étais habitué à ce genre de situation car, malheureusement, ce n'était pas mon premier rodéo avec un client pseudo-suicidaire.

J'aurais aimé depuis longtemps le rayer de la liste de mes habitués. D'abord à cause de ses pitreries égocentriques, ensuite parce que je n'acceptais jamais de clients suicidaires, pas même ceux qui faisaient juste semblant de l'être. Je n'avais pas honte d'avouer que le suicide était pour moi un sujet très brûlant. Mais Victor Jonas, le père de Ross, avait été mon premier client. C'est lui qui m'avait aidé à m'introduire dans le milieu très fermé de Los Angeles avant de s'effacer pour recommander mes services à d'autres personnes. Aussi, lorsqu'il m'avait supplié de veiller sur son fils, j'avais accepté sans hésiter.

Si Ross décidait de sauter ce soir, lui, le fils unique de parents très riches et beaucoup trop laxistes, risquait au pire d'avoir le souffle coupé.

Quant à moi, j'étais condamné à endurer une forte recrudescence des cauchemars qui me torturaient tous les soirs, sans compter l'accueil glacial qu'allait me réserver ma voluptueuse rousse si je ne concluais pas très vite.

— Oui, je suis un homme à part. Et tu as dix secondes pour te décider : soit tu sautes, soit tu retournes dans ta chambre.

— Et merde, marmonna-t-il.

Je m'arrêtai à cinquante centimètres de lui et croisai les bras.

— Écoute-moi bien. Si tu continues à flirter comme cela avec la mort, un jour elle te rattrapera.

Rends-moi un service, Ross. Consacre un peu de cette énergie que tu déploies pour me pourrir la vie à travailler pour de bon. Tu pourrais être surpris de constater à quel point il peut être gratifiant de tirer les fruits d'un dur labeur.

Toute combativité disparut de ses traits.

— Mais j'ai été viré du groupe.

— Appelle tes copains demain matin. Supplie-les s'il le faut. L'humilité peut donner beaucoup de résultats lorsqu'elle est sincère.

Voilà qui était dit. En fait, j'ignorais si ce que j'avançais avait un fond de vérité car l'humilité n'était pas mon fort. Pourtant, sans me préoccuper plus de la véracité de mes propos, je terminai mon petit discours :

— Et tant que tu y es, essaye d'honorer tes rendez-vous. Marché conclu ?

Il acquiesça et je reculai d'un pas, toujours aux aguets, tandis qu'il enjambait lentement la balustrade en sens inverse. Soulagé, je le suivis dans la suite qu'il avait louée dans le seul but de manigancer toute cette dangereuse mise en scène.

Je soufflai pour apaiser ma colère et résistai à l'envie de le réduire en miettes.

— Je vais laisser l'un de mes hommes ici jusqu'à ce que je sois sûr que tu es arrivé sain et sauf à Culver City, demain matin. Cela te convient ?

Je lui tapotai le dos et me dirigeai vers la porte. Avec un peu de chance, mon rendez-vous réchauffait encore mon lit.

— Hey, Caleb.

Je me tournai.

— Oui ?

— Tu m'aurais vraiment… regardé sauter ?

Mes traits se durcirent.

— Si c'était ce que tu voulais, je n'aurais pas pu t'arrêter.

Je fis une courte pause.

— Je me trompe ?

Il secoua la tête d'un air penaud.

— Non, avoua-t-il.

Ma colère enfla de nouveau.

— Organise un autre numéro comme celui-ci et je te jure que c'est moi qui te pousserai.

Je le laissai debout au milieu du salon, les épaules basses, réfléchissant manifestement à ce que je venais de lui dire.

Les dents serrées, je pris l'ascenseur et me laissai emporter au rez-de-chaussée. Puis je sortis de l'hôtel, l'esprit encombré par les souvenirs que Ross venait de raviver et que j'avais le plus grand mal à laisser derrière moi.

Ma mère avait réussi son coup à la troisième tentative. Chance ou malchance, tout dépendait de quel côté on se plaçait. Je sentais ma démarche devenir de plus en plus hésitante à mesure que la douleur aiguë qui accompagnait le souvenir de sa mort me traversait.

Maudit Ross Jonas.

Je pris une profonde inspiration puis tendis un billet de vingt dollars au groom qui tenait les clés de ma Bugatti avant de me glisser derrière le volant.

Au moment de démarrer, mon téléphone sonna. Je le sortis de ma poche et découvris une superbe photo de femme sur l'écran. Le message qui l'accompagnait apparut quelques secondes plus tard.

Voici ce que tu aurais pu avoir ce soir. Ne m'appelle plus jamais !

J'hésitai entre sourire ou me mettre en colère. Sourire parce que si je décidais de l'appeler sur-le-champ, elle me répondrait. Me fâcher, parce que cette rousse avait été la première à éveiller mon intérêt depuis très longtemps, la première à faire naître en moi l'espoir de mettre un terme à cette aride traversée du désert qui avait pris le pas sur ma vie sexuelle. Pourtant, malgré l'excitation qui s'était emparée de moi, le désir de la ramener dans mon lit se dissipa très vite. Je contemplai de nouveau la photo et caressai une seconde mon sexe au repos avant d'appuyer sur le bouton « Supprimer », effaçant du même coup la fille de mes contacts.

Je mis les gaz sur Pacific Coast Highway et me dirigeai vers le centre-ville. Maintenant que mes projets de galipettes étaient tombés à l'eau, et n'étant pas d'humeur à retrouver un lit vide et des rêves chargés de souvenirs que je préférais oublier, j'allais me rabattre sur le travail.

Je poussai néanmoins un juron en entendant mon téléphone sonner.

— Bon sang, plus personne ne dort ici ? m'exclamai-je.

— Vous ne me payez pas pour dormir, répondit Maggie, mon assistante. Vous avez clairement stipulé pendant mon entretien d'embauche que je n'étais pas autorisée à le faire.

— *Vous* n'avez pas le droit de dormir, mais cela ne veut pas dire que vous pouvez interrompre mon sommeil. Je suis choqué de devoir vous l'expliquer.

— Dites-moi que vous n'êtes pas en route pour le bureau et je raccroche immédiatement.

Je ne me donnai pas cette peine car Maggie avait fait équiper ma voiture d'un traceur GPS. À une ou deux reprises, ce mouchard m'avait sauvé la vie et m'avait sorti de situations délicates.

— Que voulez-vous, Maggie ?

Je déboîtai en me délectant du doux ronronnement du moteur.

— Eh bien, on dirait que vous êtes de bonne humeur, marmonna-t-elle pour elle-même avant d'ajouter très vite : Nous sommes face à une urgence.

Je tapotai le volant du bout des doigts.

— Parce que, d'habitude, ce ne sont pas des urgences ?

— Cette fois il ne s'agit pas de sexe, de drogues et de rock'n'roll. Il s'agit… d'autre chose.

Je réprimai un grognement.

— Bon sang, Maggie, arrêtez de tergiverser, allez-y, j'écoute.

Mon ton sarcastique n'entama pas la carapace de Maggie. C'était l'une des raisons pour lesquelles elle était si précieuse à mes yeux.

— Je vous envoie l'adresse que les amis de cette femme m'ont communiquée. Vous pouvez y être dans un quart d'heure.

Je poussai un juron. Tout mon plaisir s'était évanoui.

— Comment ça, *les amis* ! Vous ne leur avez pas expliqué que je traitais face à face ou pas du tout ?

Maggie soupira.

— Je connais mon travail, Caleb. Faites-moi juste un peu confiance, s'il vous plaît.

Je ne faisais confiance à personne, ça, Maggie le savait.

Le fait qu'elle ait choisi de me demander l'impossible n'était donc pas pour arranger mon humeur. Le généreux chèque que je lui faisais tous les mois garantissait qu'elle soit loyale envers moi et qu'elle travaille dur. Je n'attendais rien d'autre d'elle, et surtout pas qu'elle me demande de lui faire confiance.

Mon téléphone vibra et l'adresse apparut.

— Je vous tiens au courant, dis-je sèchement.

Je raccrochai, m'arrêtai sur le bas-côté pour prendre connaissance de l'adresse sur Mulholland Drive avant de faire demi-tour.

En arrivant devant la propriété, je me trouvai face à de hauts murs et un portail électrique. Tout cela sentait à plein nez la riche rentière, chamboulée à cause de son dernier ex, ou par l'enlèvement d'un chihuahua qui ne méritait pas que j'y consacre du temps.

Seule la certitude que Maggie excellait dans son travail me fit baisser la vitre et appuyer sur le bouton de l'Interphone.

Le portail s'ouvrit et je remontai l'allée pavée qui menait à une grande demeure en pierre. Obéissant à la tradition hollywoodienne, la propriété d'origine avait été transformée en un édifice m'as-tu-vu et de mauvais goût, symbole de réussite, au détriment de toute esthétique et de tout sens artistique.

En sortant de la voiture, je retins une grimace de dégoût et remarquai les vigiles postés de chaque côté de la demeure.

La porte d'entrée s'ouvrit sur un jeune homme habillé de manière sévère. Il ne paraissait pas à sa place dans ce décor, mais je n'étais pas là pour juger.

— Bonsoir, monsieur Steele. Si vous voulez bien me suivre…

Il ne se présenta pas et je ne lui demandai pas son nom. Nous étions à Los Angeles, la ville où même les célébrités de troisième zone craignaient de révéler leur identité à la mauvaise personne.

L'intérieur était tout aussi tape-à-l'œil que l'extérieur. Le designer avait décidé de parsemer chaque surface d'une myriade de feuilles dorées et vertes.

Je réprimai un frisson et longeai un couloir qui

menait à un vaste salon. Je jetai un rapide coup d'œil dans la pièce mais ne vis pas la femme dont Maggie m'avait parlé. Je sentis mon impatience monter d'un cran.

— Attendez ici, s'il vous plaît.

L'homme disparut. Je commençai à faire les cent pas en espérant que ce déplacement en valait vraiment la peine. J'avais une pile de dossiers de clients dans le besoin que je pouvais traiter même lorsque je dormais.

Le sommeil — ou plus exactement le manque de sommeil dont je souffrais ces derniers temps — ne fit qu'augmenter mon sentiment de malaise.

J'étais occupé à le dissiper lorsque les doubles portes s'ouvrirent devant moi.

Dès le premier regard, je sentis mon ventre se nouer et mes poumons se vider sans que je puisse reprendre mon souffle.

J'aurais été bien incapable de dire si l'état de choc dans lequel je me trouvais avait été causé par la vue de ses cheveux blond platine un peu décoiffés ou par ses lèvres rouges et pleines, qu'elle était en train de mordiller. À moins que les responsables ne soient ses immenses yeux émeraude en amande qui me regardaient fixement. Ou son corps mince et souple, entièrement recouvert de dentelle et de cuir.

De la dentelle et du cuir…

Cette association à elle seule était suffisamment fatale et mon regard s'arrêta sur les manchettes cloutées autour de ses poignets et le collier ras-de-cou assorti qu'elle portait.

Bon sang.

Cette femme était un croisement entre une rock star punk en devenir et un fantasme sado-masochiste.

Elle me regardait et le fait que je sois beaucoup plus grand qu'elle l'obligeait à lever la tête. Un désir irrésistible s'empara de moi tandis que je contemplais son visage blanc comme de l'albâtre, ses narines qui palpitaient doucement et ses lèvres veloutées. Son pouls battait au creux de son cou délicat.

Elle inspira et expira doucement.

— J'ai entendu dire que votre métier était de veiller sur les personnes.

— Vous avez bien entendu.

Je n'étais pas dans l'annuaire. Mes coordonnées s'échangeaient de bouche à oreille. J'envoyai un remerciement silencieux au client qui l'avait mise sur mon chemin.

Elle hocha sèchement la tête.

— Avant de commencer, nous devons parler des clauses de confidentialité, déclara-t-elle d'une voix si sexy que j'aurais aimé l'avoir en Dolby stéréo dans ma tête.

J'avais l'habitude des clauses de confidentialité. Aucune personne qui se respectait ne faisait des affaires sans en avoir signé auparavant. Mais en raison de l'heure avancée ou de mon humeur en général, je secouai la tête.

— Avant de les aborder, j'ai besoin de savoir en quoi consistera mon travail.

Je n'étais pas sérieux… Cette femme, quelle qu'elle soit, m'intriguait. J'étais presque certain d'accepter la mission.

Elle pinça les lèvres.

— Je comprends. Je suis harcelée, dit-elle d'un air détaché. Cela a commencé par du cyberharcèlement, mais ces trois dernières semaines, les choses ont empiré, au point de devenir des menaces physiques.

Je fus saisi d'un élan protecteur qui me déstabilisa assez pour m'obliger à croiser les bras.

— Et vous n'avez pas appelé la police parce que… ?

— Parce que ce harcèlement pourrait avoir un lien avec le travail que je suis en train de faire.

— Quel travail ?

— Un travail extrêmement délicat dont je ne peux pas parler avec vous sans avoir signé de clause de confidentialité.

Elle me tendit un document.

Ma curiosité monta en flèche.

— D'accord, laissez-moi le lire.

Le document contenait sept pages, bien plus détaillées que les clauses standard. Le nom de la femme avait été laissé en blanc. Je m'aperçus qu'elle m'observait du coin de l'œil et je le lus une deuxième fois. Je tournai ensuite les yeux vers elle et mon intérêt augmenta encore lorsqu'elle me toisa d'un air provocant.

— Cela me paraît correct, déclarai-je. Vous avez un stylo ?

Au même moment, la porte s'ouvrit et le jeune homme qui m'avait fait entrer avança vers nous. Je les regardai tour à tour, à la recherche d'un indice précisant leur relation. Elle le remercia d'un signe de tête lorsqu'il lui tendit un stylo, mais rien son regard ne trahit pas de quelconque intimité entre eux.

Je grimaçai en sentant le soulagement qui venait de m'envahir et signai le document.

Elle prit le stylo à son tour et ajouta son nom.

Lily Angela Gracen.

Je gardai quelques instants le regard fixé sur son nom en fouillant tous les recoins de ma mémoire, en vain.

Tandis qu'elle raccompagnait le jeune homme jusqu'à la porte, je m'autorisai à l'observer en détail une seconde fois.

Elle était absolument fascinante.

Personne ne méritait d'être harcelé, que ce soit en ligne ou physiquement, mais, en la regardant, je comprenais pourquoi elle pouvait être devenue l'obsession d'un psychopathe.

Dès l'instant où cette idée traversa mon esprit, je me figeai, luttant contre l'idée que cette sublime créature puisse être en danger. Je sentis mon sexe durcir tandis qu'elle s'avançait vers moi. Elle avait une démarche élégante mais sexy, celle d'une femme consciente de ses atouts mais qui n'avait pas besoin d'en faire étalage.

Une femme qui connaissait le pouvoir de ses hanches voluptueuses, de ses lèvres pleines et de sa poitrine généreuse.

Malgré ses rangers qui la grandissaient de plusieurs centimètres, elle m'arrivait à peine à la poitrine. Elle était menue, parfaitement bien proportionnée, telle une Vénus de poche sombre et décadente. Elle ne devait pas peser plus de cinquante kilos. Quand j'étais en forme, je soulevai deux fois son poids.

Soudain, mon esprit fut envahi d'images troublantes et je l'imaginai, nue entre mes bras.

Je me voyais la plaquant sans difficulté contre un mur et serrant son corps souple entre mes mains avides.

Je m'imaginais l'attachant à un lit avec des liens en soie et me délectant de la voir rougir de plaisir tandis qu'elle oscillait sur la ligne ténue qui précède l'orgasme et l'explosion ultime.

Mais dans le même temps, je me rendis compte que, du fait de sa petite taille, elle pourrait tout aussi bien se retrouver aux prises avec un détraqué qui s'imaginerait avoir des droits sur elle et l'enlèverait pour la jeter sans peine à l'arrière d'une camionnette.

Je chassai de ma tête tous ces scénarios et changeai de position pour soulager la tension entre mes cuisses, tandis qu'elle s'arrêtait devant moi.

— Qui était-ce ? demandai-je en désignant la porte de la tête.

— Il faisait partie du contrat quand j'ai loué

cette maison. Je lui ai demandé de rester pour être témoin de la signature du document.

— D'accord. Maintenant que j'ai signé, recommençons. Je m'appelle Caleb Steele et je suis ange gardien.

Elle contempla ma main tendue.

— Lily Grace, programmeur en chef chez Sierra Donovan Media.

Malgré ce qui venait de lui arriver, elle se comportait avec beaucoup de superbe. Et si elle était programmeur, elle avait également un cerveau. Une combinaison extrêmement fatale réunie dans ce corps. J'avais le sentiment d'être en route pour une aventure très excitante.

Après plusieurs secondes, elle prit ma main.

Dès l'instant où je perçus sa chaleur, je sentis une énorme décharge de testostérone fuser dans mes veines. Je croisai ses grands yeux écarquillés, comme si elle venait, elle aussi, de ressentir la même secousse, et acceptai la réalité de la situation. Que je signe ou non cette clause de confidentialité, le brasier qui enflammait mon corps n'avait qu'un seul objectif.

J'allais enfreindre une multitude de barrières qui, toutes, commençaient et aboutissaient au même résultat.

J'allais coucher avec Lily Angela Gracen.

2

Caleb

Du calme, mon gars…

Avoir une liaison avec Lily Gracen alors qu'elle était ma cliente était une très mauvaise idée. J'avais déjà fait les frais de ce genre de situation par le passé.

Ce qui expliquait pourquoi je n'enfreignais jamais les règles que je m'étais fixées.

La première et la dernière défense d'un ange gardien contre l'échec étaient sa neutralité. Au début de ma carrière, j'avais ignoré ces règles en couchant avec Kirsten. Elle n'était encore qu'une jeune actrice peinant à lancer sa carrière et sa vulnérabilité parfaitement étudiée m'avait fait baisser la garde. Elle m'avait ému et m'avait manipulé d'une main de maître pour arriver à ses fins. Mes émotions avaient fait de moi la risée de Hollywood et avaient failli réduire à néant ma réputation.

« Plus jamais ça ! » était devenu mon mantra.

Déjà, l'attirance sexuelle que je ressentais pour Lily Gracen menaçait ma neutralité. Et qu'en était-il de cet élan protecteur que j'avais ressenti dès l'instant où je l'avais vue ? Il fallait l'étouffer, lui aussi. Ma tâche consistait à trouver la personne qui la harcelait sans laisser mes émotions interférer dans mon travail.

Pourtant… une fois ma mission achevée, plus rien ne m'empêcherait de percevoir une petite récompense.

En effet, je n'étais pas parfait. Je n'avais jamais cherché à l'être, d'ailleurs. On ne pouvait pas participer à plusieurs rounds dans le ring de la vie sans en ressortir avec quelques cicatrices, visibles ou invisibles.

Je m'étais extrait des quartiers les plus violents de South Central à Los Angeles pour m'élever jusqu'aux six mille mètres carrés de ma demeure à Malibu en traversant des terrains très rocailleux. En chemin, je m'étais frotté à toutes les facettes possibles et imaginables de la nature humaine.

C'est la raison pour laquelle je vivais en suivant trois règles simples :

Protéger les innocents et les personnes vulnérables, à n'importe quel prix. Toujours.

Ne jamais coucher avec des clientes, même si elles étaient très séduisantes.

Ne jamais coucher avec ces maudites clientes, même si elles étaient extrêmement séduisantes.

Je ne dérogeais jamais au fondement de ces règles. Mais en prenant la main de Lily et en caressant de mon pouce sa peau douce comme du satin, je m'inquiétai fortement sur le fondement de la deuxième et troisième règle. Elle accueillit ce contact en prenant une courte inspiration.

Seigneur, je rêvais d'entendre à nouveau ce soupir, de préférence juste avant qu'elle crie tandis que je la pénétrerais doucement.

Mais d'abord, je devais mener à bien ma mission.

Elle me ramena à l'objet de ma visite en retirant sa main.

— Pouvons-nous parler des détails ?

Lorsqu'elle s'éloigna, je sentis les effluves de son parfum — une odeur qui évoquait la bruyère après la pluie. Le genre de fragrance qui invitait à se rouler entre les draps au lever du soleil. Je brûlais de suivre ce parfum avec mon nez. Puis avec mes mains et ma bouche.

Du calme, ordonnai-je à mon sexe en le sentant frémir de plaisir.

— Bien sûr.

Elle s'assit à un bout du canapé, croisa les jambes et me fit signe de prendre place à côté d'elle.

— Asseyez-vous, monsieur Steele, dit-elle d'un ton autoritaire.

Voir tant d'assurance chez une personne aussi petite s'avéra étonnamment excitant. Je lui laissai le champ libre. Pour l'instant.

Je m'assis et arrachai les yeux de ses mollets et de ses cuisses délicieusement galbées.

— Je dois vous dire une chose, commençai-je. Je n'accepterai pas de recevoir des ordres. Si vous voulez que j'arrête cette… personne, vous devrez me laisser faire mon travail.

Elle me regarda un long moment, puis elle haussa les épaules.

— Nous y viendrons dans un instant.

Une fois encore, je m'efforçai de ne pas réagir au doux ronronnement de sa voix tel un jeune puceau. Mais Seigneur, elle était épatante. Du bout de ses boucles ébouriffées à celui de ses bottes, elle était juste épatante.

— Steele est vraiment votre nom de famille ? demanda-t-elle brusquement en croisant ses bras graciles.

Je haussai les sourcils.

— Vous sortez toujours habillée de cette façon ?

D'accord, ce n'était pas ainsi que je voulais commencer la conversation, mais la question était pertinente. La façon dont les femmes s'habillaient ne me posait aucun problème, mais certains hommes étaient suffisamment malades pour se faire une mauvaise opinion des femmes en fonction de leurs tenues.

Elle leva vers moi son petit menton pointu.

— Qu'est-ce qui ne va pas dans ma façon de m'habiller ?

J'émis un rire rauque.

— En ce qui me concerne, rien. Mais pas pour la mauvaise personne.

Elle prit une courte inspiration.

— Que voulez-vous dire ?

— J'espère juste que celui qui vous harcèle est

simplement obsédé par votre apparence. Ce sont les hommes les plus faciles à attraper parce qu'ils agissent sous l'effet de pulsions incontrôlables. Ils commettent des erreurs et, tôt ou tard, ils essaient d'entrer en contact physique avec leur victime.

Je la vis frissonner un peu mais son regard ne vacilla pas.

— Pourquoi partez-vous du principe que l'intérêt de cette personne est sexuel ?

— Parce que j'ai des yeux pour voir. Vous êtes une femme magnifique. Mais si vous prétendez que ça n'a rien à voir, je veux bien attendre d'avoir entendu les faits pour donner mon verdict sur ce salopard.

Elle rougit légèrement et, à la manière dont elle pinça les lèvres, je compris qu'elle détestait laisser entrevoir ses émotions. Je m'en délectai un peu trop.

— Êtes-vous toujours aussi direct ? demanda-t-elle.

Je croisai les bras pour empêcher mes mains de commettre un acte stupide. Comme suivre du doigt les contours de sa joue jusqu'à la naissance de sa gorge.

— Toujours. Cela vous pose un problème ?

Elle serra ses biceps de ses petits doigts.

— Seulement si vous n'aimez pas que l'on vous rende la pareille.

— Nullement. Je préfère cela, d'ailleurs. Et pour répondre à votre question, oui, Steele est mon vrai nom.

C'était l'une des rares choses que ma mère m'avait

laissées au milieu de son désespoir. Dès que j'eus établi des contacts solides et fiables grâce à mon travail, ma première démarche fut de retrouver l'homme dont le maudit sang coulait dans mes veines. Je découvris que je venais d'une longue lignée de bons à rien. Bon nombre de Steele avaient été des criminels. Je ne voulus jamais rien avoir à faire avec ceux qui étaient encore en vie, y compris mon père.

Je me concentrai sur Lily tandis qu'elle croisait de nouveau les jambes, et je ne pus m'empêcher de l'observer. L'ourlet de sa jupe en cuir noir était remonté à mi-cuisse, et elle ne fit aucun geste pour le tirer vers le bas. Cette petite pointe d'exhibitionnisme contribua à faire encore monter ma température. Ma bouche devint pâteuse et je regardai son pied se balancer pendant plusieurs secondes avant de comprendre qu'elle attendait que je m'exprime.

Je m'éclaircis la gorge et m'efforçai de ramener mon esprit sur le sujet qui nous intéressait.

— Vous pensez que votre harceleur n'est pas directement intéressé par vous. C'est donc lié à votre travail ?

— Je le pense.

— D'accord. Parlez-moi du projet sur lequel vous travaillez.

Elle hésita quelques secondes.

— Je dois savoir où commencer mes recherches, insistai-je. Et qui exclure.

Elle joua avec les clous de sa manchette en pesant ses mots.

— Il s'agit d'un algorithme qui compresse significativement les données. À petite échelle, il peut stocker quinze fois plus de données que la puce classique de 32 Go qui se trouve dans votre téléphone.

J'étais impressionné, je l'avoue. Mais je me doutais que la suite allait me surprendre encore plus.

— Et à plus grande échelle ?

— Si le lancement planifié le mois prochain est un succès, il peut rendre obsolètes tous les algorithmes de stockage de données actuels en moins d'un an.

Elle s'était exprimée d'une voix calme mais pleine de fierté.

Je sifflai doucement.

— Et vous êtes à l'origine de ce code ? Dans son intégralité ?

Elle acquiesça sèchement, sans fausse modestie.

— Oui. Il m'appartient.

— Impressionnant.

Elle leva les yeux vers moi. La détermination et la fierté qui brûlaient dans ses prunelles indiquaient qu'elle savait de quoi elle était capable, et qu'elle était bien décidée à l'accomplir. Je comprenais comment cette attitude pouvait heurter l'ego de certains mâles.

— Merci, répondit-elle d'une voix basse et rauque.

Comme si cela était encore possible, le pouvoir

contenu dans ce petit corps et ce grand cerveau m'excita encore plus. J'étais un salopard suffisamment avide pour admettre que je rêvais de l'expérimenter sur moi. Je voulais la voir ivre de ce pouvoir qui irradiait de sa personne, seulement pour un instant, afin de pouvoir en sentir les effets brûlants sur moi.

Il fallait pourtant que je tempère mes ardeurs quelque temps car, malheureusement, ses révélations laissaient apparaître que la menace pouvait venir de plusieurs endroits.

Je me levai, soulagé que l'ampleur du problème apaise mon excitation sexuelle. Il me fallut toutefois me tourner de côté pour masquer la demi-érection qui tendait mon pantalon. Je traversai la pièce lorsque j'entendis sa question.

— Quelque chose ne va pas ?

Je lui lançai un regard par-dessus l'épaule.

— Cela dépend de l'importance du cercle des personnes à qui vous faites confiance. Et de l'importance de leur cercle à elles. Je vous propose d'entreprendre aussi vite que possible certaines actions.

Je sortis aussitôt mon téléphone de ma poche. J'étais sur le point de composer le premier numéro lorsqu'il se mit à sonner. L'étrange capacité de Maggie de tomber à pic était impressionnante. Sauf si elle appelait pour m'annoncer quelque chose qui pourrait me distraire de Lily Gracen.

— Oui ?

Ma voix était plus tendue que voulue, mais cela

n'avait aucune importance. La soirée prenait une tournure très intéressante sur certains plans, et extrêmement frustrante sur d'autres.

— Je voulais juste vérifier quelque chose, déclara Maggie. Au cas où j'aurais fait une bêtise, je voulais savoir si je devais vous remettre ma démission sur-le-champ, ou si je pouvais dormir un peu et le faire demain matin, ajouta-t-elle avec une pointe de sarcasme qui oscillait entre l'amusement et l'insubordination.

Malgré mon irritation, j'envisageai de lui accorder une prime pour m'avoir obtenu cette mission.

— Nous avons une nouvelle cliente, dis-je.

— Vraiment ? Bon travail, Maggie. Je ne sais pas ce que je ferais sans vous, dit-elle en imitant ma voix. Je me demande même si je ne vais pas vous accorder cette augmentation que vous me réclamez depuis six mois.

— Continuez à parler de vous à la troisième personne et votre chef va se demander si vous êtes folle avant de vous renvoyer.

— Ce n'est pas du tout ce que je veux. Que voulez-vous que je fasse ? demanda-t-elle en reprenant son rôle d'assistante très efficace que j'adorais.

Je me dirigeai vers la fenêtre la plus éloignée tout en renseignant Maggie au sujet de cette nouvelle mission.

— Ma première idée était de la faire complètement disparaître du paysage pendant que je traque ce salaud, mais j'ai changé d'avis.

— D'accord, dit-elle d'une voix traînante.

— J'ai besoin que vous prépariez une ou deux maisons sécurisées. Mettez le jet en stand-by. Il se peut que nous devions changer rapidement d'endroit.

— Très bien, boss. Tout de suite, boss.

— Ne soyez pas insolente, Maggie.

— Pas du tout. Des maisons sécurisées. Le jet privé. C'est noté.

— Parfait. Et si vous insistez, vous pourrez aller dormir ensuite. Mais j'ai besoin de vous fraîche et dispose demain matin. C'est compris ?

— Bien entendu. Je vous enverrai un SMS dès que ce sera fait.

Je raccrochai, satisfait d'avoir choisi une approche directe au problème de Lily.

Lorsque je me retournai, je découvris qu'elle avait cessé de jouer avec sa manchette. À la place, elle avait posé les doigts autour de son genou. Son regard était légèrement sévère.

— Vous avez quelque chose à dire ? demandai-je.

— Vous traitez tous vos employés de cette manière ?

Je rangeai mon téléphone dans ma poche.

— Comment cela ?

— Comme s'ils étaient à peine plus qu'un objet.

Je revins vers elle.

— Je n'ai aucun problème à faire claquer le fouet, si c'est ce que vous voulez dire. Je pense que les choses fonctionnent mieux lorsque l'on sait clairement qui est le boss.

J'omis d'ajouter que Maggie levait souvent les yeux au ciel lorsque je faisais usage de cette voix dominatrice. Et qu'elle le faisait d'ailleurs à peu près tout le temps.

— C'est donc ainsi que vous fonctionnez ? Vous aimez dominer les autres ?

J'enfonçai les mains dans mes poches en la toisant. Cette fois, la différence de taille était encore plus flagrante et son visage levé vers moi encore plus exposé. Bon sang, elle était si menue. Dire que ce corps délicieux à la beauté sauvage contenait un cerveau affûté. Ce besoin féroce de la posséder déferla de nouveau sur moi et excita chaque parcelle de mon anatomie.

Néanmoins, j'aurais certainement mieux fait de ravaler les paroles qui fusèrent de ma bouche. Mais j'avais toujours eu l'habitude de dire ce que je pensais. J'avais appris à mes dépens à quel point il m'en coûtait de tenir ma langue.

— Aimeriez-vous que je vous domine, mon ange ?

Elle écarquilla des yeux qui se muèrent en deux magnifiques océans émeraude. Ses narines frémirent doucement et elle inspira un peu trop vite.

— Je vous demande pardon ?

— Je le ferai, Lily Gracen, mais seulement si vous me le demandez très, très gentiment.

*
* *

Il se trompait tellement dans son discours que je ne savais pas par où commencer. J'ignorais même où se terminait le choc et où commençait la contrariété. Ce qui était bien surprenant car cela faisait maintenant trois ans que je vivais dans un environnement majoritairement peuplé de la pire espèce de mâles : ceux qui possédaient un cerveau à peu près potable et un compte en banque inépuisable.

La Silicon Valley n'était pas un lieu pour les timorées et bien que mes débuts chez SDM n'aient rien eu de très conventionnel, j'avais rapidement appris à donner de la voix sous peine d'être écrasée par d'orgueilleux imbéciles.

Mais cette voix était à présent coincée dans ma gorge, tandis que je fixais l'homme vraiment exceptionnel planté devant moi dont le regard pénétrant commençait à déclencher de délicieux frissons dans mon corps.

Je me raclai la gorge.

— Vous oubliez qui a embauché qui, monsieur Steele. Techniquement, c'est moi votre chef. Et si quelqu'un doit dominer quelqu'un ici, ce sera moi.

Pour une raison inconnue, cette remarque fit briller ses prunelles bleu vif.

— Je n'ai aucun problème avec les femmes qui dirigent. Dans la limite du raisonnable, évidemment.

Entre ses yeux et sa voix profonde, grave et rocailleuse, j'en oubliai un instant les sinistres menaces qui planaient au-dessus de ma tête, et qui menaçaient le dur travail que j'avais accompli. J'étais tellement près de vivre ma vie à ma façon. D'être libérée du diabolique marché que mon beau-père avait passé avec mon employeur pour me tenir entre ses griffes.

Mais en contemplant Caleb Steele, le profond malaise qui m'habitait depuis que mon harceleur était entré en contact avec moi pour la première fois s'atténua un peu, suffisamment pour me faire éprouver des sensations nouvelles, tout aussi troublantes.

Dès l'instant où nos regards s'étaient croisés, l'intérêt sexuel à peine déguisé dans ses prunelles avait embrasé mes sens. Je savais que ma façon de m'habiller et de me coiffer m'attirait des regards que ma personnalité de jeune adolescente aurait préféré éloigner. Mais c'était avant de me forger une épaisse carapace. Avant que je comprenne clairement que quoi que je fasse, je ne serais jamais rien de plus pour mon beau-père qu'un chèque à la fin du mois en compensation de la maigre attention qu'il m'avait manifestée tout au long de ces tristes années où il m'avait élevée par la force des choses. Rien de plus qu'une femme dont il faisait exploiter les talents par Chance Donovan, l'homme pour lequel je travaillais.

Mais ma liberté était à portée de main.

Dès que j'aurais éliminé le problème de mon harceleur.

Le pincement de douleur que j'éprouvais à

l'idée d'avoir été rejetée résidait quelque part dans un lieu que je refusais souvent d'explorer. Mais cette douleur s'était atténuée significativement avec le temps. J'avais même découvert que plus je travaillais, moins je pensais à mon triste passé.

Sauf qu'aujourd'hui, mon travail était menacé. Le tourbillon tumultueux de mes pensées me ramena donc à ma solution : Caleb Steele.

L'homme qui se tenait devant moi était une montagne de virilité à l'état brut et de domination parfaitement assumée.

Ses yeux bleu foncé contenaient une lueur impérieuse qui m'hypnotisait et il dégageait une assurance sexuelle que j'avais rarement rencontrée chez un homme.

Quant à l'impressionnant renflement que j'avais aperçu lorsqu'il avait traversé la pièce quelques minutes plus tôt…

Je serrai mes cuisses soudain brûlantes l'une contre l'autre et m'efforçai de ne pas baisser les yeux vers cette partie de son anatomie si proche de mon visage que c'en était gênant. Je maudis dans la foulée la rougeur qui montait de mon cou.

J'étais menacée par un harceleur, me morigénai-je. Je ne devais pas penser à l'expérience incroyable que ce devait être de prendre pour la première fois dans sa bouche le sexe de cet homme renversant qui me regardait comme s'il rêvait de me dévorer toute crue.

Je m'éloignais du précipice de la folie juste au

moment où il se pencha vers moi et me surplomba de son corps si grand et si impressionnant.

— Lily... Puis-je vous appeler Lily ? demanda-t-il de cette voix si sensuelle.

C'en était assez. J'avais déjà perdu sur d'autres plans le contrôle de ma vie, je n'allais pas céder sur celui-ci.

— Non, vous ne pouvez pas. Vous n'avez pas encore gagné ce droit.

Il leva ses sourcils fins et noirs et bon sang, ce simple mouvement me fit frémir. Il me sourit et je vis son regard s'éclairer d'une lueur charnelle qui menaça de nouveau de m'embraser tout entière.

— Je ne suis pas un adepte du système des bons points, mais si c'est cela qui vous excite..., répondit-il en haussant les épaules.

Je fronçai les sourcils.

— Vous faites exprès de ne pas comprendre. Nous ne sommes pas en train de parler de ce qui m'excite. Ou... de qui... domine qui.

Mon cerveau semblait avoir choisi le bon jour pour me faire parler par ellipses stupides !

— Pour que tout soit bien clair, ajoutai-je, cela n'arrivera jamais. Je tiens absolument à régler ce problème aussi vite que possible afin de pouvoir reprendre le cours de ma vie. De plus, je suis cordiale avec les personnes à qui je fais confiance, et je ne vous fais pas confiance.

Voilà qui était dit. J'avais été directe et j'étais allée droit au but.

— Vous ne me faites pas *encore* confiance, souligna-t-il. Cela me va. Moi aussi, je suis sceptique. Par exemple, je ne suis pas complètement convaincu qu'un garde du corps ou un détective privé puisse accomplir cette mission. Je vous pose la question, Lily… Comment allez-vous me convaincre d'accepter ce travail ?

Je détestai le vertige qui me prit à l'idée qu'il puisse s'en aller. Mes recherches avaient prouvé qu'il était l'homme de la situation. Je n'avais pas le temps d'en trouver un autre.

— Vous voulez que je vous paie le double du prix, c'est cela ?

Une lueur d'irritation traversa son regard, indiquant que je l'avais offensé. Mon estomac se contracta encore plus.

— Je refuse trois missions sur cinq. L'argent n'est pas la question. Si vous me voulez, il va falloir faire mieux.

— D'accord. J'ai entendu dire que vous étiez le meilleur, et c'est exactement ce dont j'ai besoin.

Il garda le silence pendant plusieurs secondes qui me parurent interminables. Puis il remit les mains dans ses poches et se balança d'un pied sur l'autre avant de hocher la tête.

— Parfait. Vous pouvez m'avoir.

Convaincue d'avoir imaginé des sous-entendus, j'ignorai la chaleur qui irradiait mon bas-ventre.

— Il est presque 2 heures du matin, insistai-je. Chaque seconde qui passe m'empêche de faire mon travail. Pouvons-nous continuer, monsieur Steele ?

— Quelqu'un d'autre que vous sait que vous êtes harcelée ?

— Pas encore, mais si la menace persiste, je devrai en informer Chance Donovan. C'est mon chef et le P-DG de SDM.

L'évocation de Chance me fit l'effet d'une douche froide. En tant que financeur de mon projet, il subissait la pression du comité d'administration pour que le code soit livré dans les temps. Au cours du mois dernier, il avait redirigé cette tension sur moi en faisant des allusions déplaisantes aux conséquences qui découleraient de mon éventuel échec à respecter les délais.

— J'espère que vous allez m'aider à résoudre mon problème avant que cela ne devienne nécessaire.

Caleb acquiesça et j'aperçus autre chose dans son regard. Du respect. Peut-être un peu d'admiration aussi. Pour une raison absurde, je sentis monter une bouffée de plaisir.

— J'allais vous proposer de vous mettre à l'abri dans une maison sécurisée, mais cela attirerait l'attention si jamais vous ne vous présentiez pas à votre travail, n'est-ce pas ?

— Oui. D'ordinaire, je vais et je viens à ma guise, mais j'ai toute une équipe qui travaille avec moi.

Il plissa les yeux.

— Une équipe ?

— L'algorithme que je développe est très lourd. J'ai trois équipes de trois personnes qui travaillent chacune de leur côté sur des aspects différents du code afin de limiter les risques de fuites. Tous sont sous ma responsabilité.

— Si je comprends bien, ils ne savent pas exactement ce sur quoi ils travaillent ? répondit-il du tac au tac.

— Non.

L'idée venait de Chance. Je n'étais pas d'accord avec ce procédé mais je n'avais eu pas le choix.

Mon expression avait dû me trahir car Caleb fronça les sourcils.

— Qu'est-ce que vous omettez de me dire ?

J'avais le sentiment que Caleb exigeait que je lui dise tout sinon il tournerait les talons.

— Chance et moi, nous avons un passif.

— De quel genre ?

— J'avais quatorze ans quand… il m'a repérée.

Il me regarda fixement.

— Laissez-moi deviner. Vous l'avez piraté. Il vous a attrapée et vous a convaincue de travailler pour lui.

L'anecdote aurait pu être drôle sauf que j'étais désormais pieds et poings liés à mon soi-disant sauveur par un millier de liens faits de menaces déguisées. Je réprimai la douleur et l'amertume qui menaçaient de me submerger.

— C'est à peu près cela. Quoi qu'il en soit, je ne peux pas m'absenter de Sunnyvale très longtemps. C'est la raison pour laquelle je dois y retourner ce soir. J'ai juste besoin de savoir si vous allez venir avec moi.

Une lueur dure traversa les prunelles de Caleb.

— Je vais venir, dit-il, mais à une condition. Si nous devons pénétrer sur le territoire de votre harceleur, vous devrez accepter de faire les choses à ma manière, y compris me laisser intervenir si je pense que c'est pour votre bien.

— Mais…

— Il n'y a pas de « mais ». C'est écrit en petits caractères au bas de mon contrat.

Nous nous fîmes face, pris dans une tourmente qui nous rapprochait dangereusement.

— Il était stipulé que je devais vous concéder un peu de pouvoir, mais pas la totalité.

— « Il arrivera que le harceleur provoque une situation qui suppose d'agir d'abord et d'expliquer plus tard. Le client accepte de s'exécuter si un tel cas se présente. » Avez-vous pris connaissance de cette clause ?

Il s'était exprimé d'une voix basse et extrêmement douce.

— Bien sûr que je l'ai lue. Et vous avez certainement l'habitude que l'on accepte aussitôt toutes les clauses de votre mandat. Malheureusement, vous et moi allons avoir un sérieux problème si vous persistez à vous montrer aussi… rigide.

— Je peux être aussi souple que l'exige la situation. Mais pas dans ce cas. Vous l'avez peut-être oublié mais vous avez besoin de moi.

Je détestai que l'on me prenne en défaut. Presque autant que je détestai l'idée d'embaucher un garde du corps en attendant que le harceleur se manifeste.

Il ne me restait plus que quelques semaines pour me libérer de Chance et de mon beau-père. L'idée même de retarder ne serait-ce que d'une heure cette libération était inacceptable. Pourtant, renoncer au contrôle était difficile.

— Le fait qu'un client prenne lui-même en charge sa sécurité est-il un motif de rupture de contrat pour vous ?

Ma question sembla le désarçonner. Un pli soucieux creusa son front puis son regard perçant glissa sur mon corps avant de revenir vers mon visage. Tandis que je l'observais, il se ravisa. Comme tout chez cet homme, son expression était fascinante. J'avais l'impression qu'il avait été sur le point de franchir une ligne et qu'il s'était sévèrement et froidement repris.

— Non, mais si vous recherchez un gros bras docile, n'hésitez pas à engager un garde-du-corps.

— Très bien. Si vous vous sentez prêt à accomplir cette délicate mission, alors j'accepte vos conditions.

Je retins mon souffle tout en lançant cette attaque directe à son CV supposé parfait ainsi qu'à son ego. Pour une raison que je ne m'expliquais pas, je détestais encore plus l'idée qu'il puisse s'en aller.

Il réduisit en une enjambée la distance qui nous séparait et approcha ses lèvres de mon oreille.

— Attention aux défis que vous lancez, Lily Gracen. Je pourrais venir mordre votre délicieux fessier.

Je ne pus réprimer le frisson qui parcourut mon

dos. Caleb sembla le voir et une flamme ardente incendia son regard.

— Dans ce cas, prenez garde. Je peux mordre, moi aussi.

— Cela risque d'être intéressant, dit-il d'un air songeur.

Puis, sans me quitter des yeux, il saisit son téléphone. J'entendis le bruit faible d'une sonnerie puis une personne répondit.

— Maggie, la première équipe est-elle en place ?

— Oui. Ils vont atterrir à Palo Alto dans trente minutes. Ils peuvent être chez Mlle Gracen dans une heure. Avons-nous le feu vert ?

Il baissa le téléphone.

— Avons-nous le feu vert, Lily ?

— Votre équipe est déjà à San Francisco. Vous aviez donc l'intention d'accepter mon affaire depuis le début.

Il haussa les épaules.

— J'avais besoin de m'assurer que vous étiez d'accord mais je ne voyais aucune raison de ne pas enclencher le processus.

J'inspirai pour me calmer.

— Je n'aime pas que l'on se joue de moi, monsieur Steele.

Toute trace d'humour abandonna son visage.

— Dans ce cas, nous sommes parfaitement d'accord car tout ceci n'a rien d'une plaisanterie.

La sévérité de son ton hérissa les poils de ma nuque. Je pressentis qu'il y avait autre chose qui se jouait.

— Mon équipe attend, insista-t-il. Ce soir, ils se contenteront de poser quelques caméras à l'extérieur de la propriété et de jeter un coup d'œil dans le quartier. Ce sont des professionnels, des hommes de confiance que j'ai moi-même recrutés. Ils ne fouilleront pas dans vos tiroirs de petites culottes ou parmi les autres choses douteuses que vous gardez dans votre placard si c'est ce qui vous inquiète. Ai-je votre feu vert, Lily ?

Cette dernière phrase avait été murmurée avec une pointe de raillerie tandis qu'il scrutait mon visage.

Je m'efforçai de contenir mon irritation et ignorai la légère gêne qui venait de m'envahir.

D'accord, je n'étais pas la personne la plus ordonnée au monde. Et depuis que j'avais le nez dans le guidon avec mon projet, je m'étais un peu laissée aller. J'avais résilié mon contrat avec la société de ménage car je détestais être interrompue pendant que je travaillais. Ce qui voulait dire que bon nombre de mes effets personnels, y compris ceux dont je me servais pour me détendre après une dure journée de programmation, pouvaient être éparpillés n'importe où chez moi.

Le bonheur de vivre seule impliquait que je pouvais me faire plaisir n'importe où, sur le tapis devant ma baignoire comme dans ma salle de cinéma où je m'effondrais lorsque je n'avais plus la force de me traîner jusqu'à mon lit. L'idée que les hommes de Caleb puissent lui rapporter mes habitudes me couvrit de sueurs froides tant je me sentais humiliée.

Ce qui était absurde.

J'étais une femme adulte, non ? Une femme avec des besoins que je n'avais pas honte de satisfaire en réponse aux mesures de restriction que Chance Donovan avait essayé de m'imposer.

Non, il ne fallait pas que je pense à Chance ou à la façon dont il avait essayé de me contrôler via Scott, mon ex-petit ami.

Très bientôt, ils seraient tous les deux si loin dans mon rétroviseur qu'il me faudrait un télescope pour les voir.

— Vous avez mon feu vert, dis-je en effaçant de mon esprit la possibilité que l'équipe de Caleb découvre mes sex-toys. Vous allez avoir besoin d'un code pour entrer chez moi.

Le petit sourire en coin qui étira ses lèvres suggéra qu'il n'en avait pas vraiment besoin, mais il préféra ne pas y faire allusion.

— Je vous écoute.

J'énumérai un long code alphanumérique. Caleb m'impressionna en ne me demandant pas de le répéter et le communiqua à Maggie sans hésitation.

Alors qu'il était sur le point de raccrocher, il fit une pause lorsque Maggie l'interpella.

— Oui ?

— Le pilote est toujours en stand-by. Je suppose que la cliente et vous allez revenir à Palo Alto ?

— Oui. Nous serons à l'aéroport dans une demi-heure.

Il raccrocha. Ses yeux bleus me donnèrent l'impression d'être avalée tout entière.

— Venez, Lily. Allons faire sortir ce bâtard de votre vie.

Je rassemblai mes affaires et suivis Caleb à l'extérieur avec le net sentiment qu'il avait omis une partie importante de sa phrase. Quelque chose comme… « ensuite, nous pourrons passer à des choses plus importantes ».

Mais peut-être était-ce le fruit de mon imagination débordante.

3

Lily

Ce n'était pas la première fois que je montais dans une Bugatti. La Silicon Valley pullulait de geeks millionnaires qui collectionnaient les voitures de luxe comme s'il s'agissait de cartes de base-ball.

En revanche, c'était la première fois que je montais dans une super voiture conduite par un homme comme Caleb Steele. Et cela s'avéra une expérience lourdement chargée de sensualité.

Cet homme conduisait sa voiture comme s'il lui faisait l'amour, ou plutôt, comme s'il la baisait. Doucement. Sensuellement. Inexorablement. Chaque passage de vitesse et flexion de sa cuisse était comme une symphonie envoûtante. Un spectacle tellement captivant que je ne pouvais détourner le regard.

Je réalisai soudain que j'étais en train de me mordre les lèvres et que mes doigts étaient profondément enfoncés dans le cuir souple du siège. Je m'efforçai de me détendre. Je pris une bouffée d'air, malheureusement imprégnée d'une odeur virile de bois de santal, pour remettre de l'ordre dans mon esprit.

Caleb Steele était le genre d'homme qui verrait ma gêne comme une faiblesse. Il saurait l'utiliser à son avantage.

— D'où allons-nous décoller ?

Depuis notre départ de la maison, il avait gardé le silence. Personnellement, je trouvais son attitude un peu déconcertante, d'autant plus que je m'étais attendue à être bombardée de questions.

Il changea de nouveau de file avant de me répondre, et me lança un long regard en coin qui me donna un léger aperçu de ce qu'une personne pouvait ressentir lorsqu'elle était électrocutée. Même après qu'il eut braqué à nouveau les yeux devant lui, j'en percevais encore les effets.

— Van Nuys Airport. Ne vous inquiétez pas, petite fleur. Je vais vous raccompagner chez vous en un rien de temps.

— Je n'aime pas les surnoms, monsieur Steele.

— Vous n'aimez pas les surnoms et vous ne voulez pas que je vous appelle par votre prénom. Le seul moyen d'obtenir de moi que je vous appelle « mademoiselle Gracen » serait de jouer avec moi à la gentille élève et au méchant professeur.

Je m'accrochai de nouveau au siège. Bon sang. Je m'efforçai de desserrer les doigts car j'allais en avoir besoin pour continuer de programmer.

— Peut-être n'était-ce pas une très bonne idée, après tout.

Ses prunelles bleues si attentives brillèrent sournoisement à la lueur du tableau de bord.

— Désolé, bébé, mais il est trop tard pour changer d'avis. Vous êtes coincée avec moi.

« Bébé ». « Mon ange ». « Petite fleur ». Il possédait certainement une liste interminable de sobriquets dont il affublait les femmes.

Loin de m'abaisser à son niveau en l'appelant à mon tour « Beau Gosse », « Joli Cœur » ou « Tombeur », je lui concédai ce round.

— Très bien, vous pouvez m'appeler Lily. Juste pour éviter que vous vous trouviez à court de petits noms et que vous commenciez à m'appeler « Cocotte ».

— Merci, Lily, dit-il de sa voix grave qui glissait sur moi comme un délicieux caramel chaud sur de la glace à la vanille. Au fait, je ne vous affublerais jamais d'un tel surnom. Pas avec une peau aussi blanche et lisse.

Son doux sourire si terriblement sexy était de retour.

— Est-ce voulu ? demanda-t-il.

— Quoi donc ?

— Votre blancheur. Cela va bien avec votre allure gothique mais il doit être terriblement difficile d'éviter le soleil en vivant en Californie.

— Qu'est-ce que la blancheur de ma peau vient faire ici ?

Ou tout autre chose qui ne me rappellerait pas le sexe ? pensai-je en mon for intérieur.

— Rien. Je suis juste d'une curiosité insatiable. Alors ?

— Alors, vous allez devoir accepter de ne pas la satisfaire cette fois.

— Dommage, murmura-t-il. Je vais devoir faire appel à mon imagination.

Je détournai les yeux mais je songeai encore à ce sourire, à cette sensualité naturelle qu'il insufflait aux mots les plus innocents et même dans sa façon de lancer la puissante voiture de sport sur la bretelle d'autoroute qui conduisait à l'aéroport.

Après avoir passé le point de sécurité, Caleb se dirigea vers un hangar puissamment éclairé et alla se garer à côté d'un jet d'un blanc étincelant. Les marches étaient descendues et le moteur tournait. Lorsque nous descendîmes de la voiture, le pilote et le copilote étaient en grande conversation avec deux agents de l'aéroport, mais mon attention fut attirée par la femme debout au pied des marches de l'appareil.

Sa courte robe fourreau rebrodée de sequins, son long collier en argent et ses petites créoles excluaient qu'elle fasse partie du personnel. Elle était occupée à enfiler un blouson d'aviateur lorsque Caleb sortit de la voiture et vint ouvrir ma portière.

— Avons-nous encore besoin de rappeler ce qu'est une tenue de travail correcte ? demanda-t-il sur un ton sec en s'adressant à elle.

Elle porta la main à ses cheveux pour défaire son chignon avant de lui lancer une grimace résignée.

— Je sais que cela vous est égal mais j'ai dû

interrompre un rendez-vous galant pour être de retour au bureau pour cette mission.

— Un rendez-vous ? Avec un vrai garçon ?

Sa voix était lourdement empreinte de scepticisme tandis qu'il sortait le sac que j'avais préparé pour la nuit.

La femme leva les yeux au ciel et se tourna vers moi. Après un rapide coup d'œil, elle me tendit la main et me sourit.

— Je suis Maggie, l'assistante qui supporte depuis très longtemps M. Steele. Vous êtes Lily Gracen ?

Lorsque j'acquiesçai, son visage devint sérieux.

— Nous allons attraper le salaud qui vous harcèle. Ne répétez pas à mon chef que je vous l'ai dit mais il est très bon dans ce qu'il fait. Notre taux de réussite est assez impressionnant. Vous êtes entre de bonnes mains.

Caleb claqua la portière.

— Cessez ce baratin commercial, Maggie. Lily sait déjà qu'elle peut me faire confiance.

Je l'ignorai et souris à Maggie.

— Merci.

— Avez-vous apporté le nécessaire ? demanda Caleb à son assistante.

Cette dernière acquiesça.

— Tout est déjà à bord.

— Sommes-nous prêts à décoller ? demanda-t-il d'une voix impatiente.

— Presque.

Elle désigna le copilote qui s'entretenait avec l'équipage au sol.

— Ils ne sont pas contents que vous voliez en dehors des heures d'ouverture de l'aéroport…

— Vous leur avez dit qu'il s'agissait d'une urgence, n'est-ce pas ?

— Oui, chef. Mais ils doivent tout de même vérifier que tout est en ordre. Laissez-leur une minute.

— Je n'ai pas une minute, aboya-t-il en se tournant vers le groupe.

— Franchement, ils ont presque terminé…, commença Maggie.

Mais Caleb s'éloignait déjà. Maggie s'arrêta de parler et prit un air perplexe.

— Est-il toujours… ? demandai-je en fronçant les sourcils.

— Comme un taureau dans un magasin de porcelaine ? Cela va peut-être vous surprendre, mais non, répondit Maggie d'un air songeur. Bien sûr, il est impatient et veut que tout soit fait pour hier, mais il lui en faut beaucoup pour se mettre en colère. Bien que…

— Bien que… ? insistai-je après un court silence.

J'essayai de me convaincre que ce n'était que par simple curiosité que je ressentais le désir de savoir ce qui tracassait mon énigmatique ange gardien, ce qui était important pour lui ou ce qui passait très au-dessus de sa jolie tête.

Maggie braqua son regard aiguisé sur moi.

Je me doutai de sa réponse évasive avant même qu'elle ouvre la bouche.

— Il a eu un client difficile ce soir avant de venir vous voir, c'est tout.

Je réprimai une déception étonnamment vive et regardai en direction de l'homme que j'avais engagé pour résoudre mes problèmes. Il s'agitait avec impatience devant les autres hommes. Il les dépassait tous d'une tête et était sans aucun doute celui qui se détachait le plus du groupe. Le timbre grave de sa voix résonna dans le hangar et déclencha en moi des frissons qui se propagèrent jusque dans mes entrailles.

Après quelques minutes, les agents de l'aéroport tendirent des documents au copilote.

Caleb revint alors et saisit son sac qu'il avait posé à côté de la voiture.

— Nous sommes prêts à décoller. Vous voulez bien me suivre ?

Je m'écartai de lui lorsqu'il voulut me prendre par le bras et il me lança un regard étonné que je décidai d'ignorer. Les frissons qui se prolongeaient entre mes cuisses m'indiquaient qu'il était fortement déconseillé de le toucher.

— Ravie de vous avoir rencontrée, Maggie, dis-je à l'assistante.

— De même, répondit-elle en souriant.

Je grimpai sur la passerelle, consciente de la présence de Caleb derrière moi. Poussée par un besoin irrépressible, je regardai par-dessus mon épaule. Il s'était arrêté sur une marche et son regard était braqué sur moi. Ou plutôt sur mes fesses. Le frémissement s'intensifia entre mes cuisses.

J'eus à peine le temps de reculer avant qu'il me surplombe. Pendant une fraction de seconde, il plongea son regard dans le mien avant de tourner les yeux vers la petite cabine.

— Allez prendre un siège, Lily. Nous devons partir avant que ces rabat-joie trouvent de nouvelles raisons de nous retarder.

L'intérieur de l'avion était aussi immaculé et luxueux que l'extérieur. D'un côté de l'habitacle, les larges sièges en acajou et en cuir crème étaient séparés par une table luisante. De l'autre, non.

Je choisis la première option, préférant mettre une barrière entre Caleb et moi.

Il me regarda prendre place près de la fenêtre. Il ne s'assit pas immédiatement, même lorsque l'avion commença à rouler pour sortir du hangar. Il prit le temps de retirer sa veste. La chemise bleu marine qu'il portait dessous était ajustée et épousait son torse à la perfection.

Lorsqu'il se tourna pour suspendre sa veste, les muscles de son dos tressautèrent énergiquement, suscitant en moi l'envie de le voir sans sa chemise. Contrairement à moi, il était parfaitement bronzé. Le soleil californien semblait avoir trouvé le spécimen idéal à bombarder de ses rayons. Il ne faisait aucun doute que chaque partie de son corps était merveilleusement hâlée.

L'envie de laisser mes doigts glisser sur ces muscles intensifia la tension entre mes cuisses.

Je pris une inspiration haletante et détournai le regard pour accrocher ma ceinture tandis que Caleb prenait place en face de moi. Quelques instants plus tard, il étendit le bras vers moi.

Contrariée et agitée par mes émotions ridicules, je levai la tête. Il était occupé à défaire les boutons de son poignet. Il retroussa ensuite ses manches et exposa à mon regard ses bras bronzés recouverts d'un duvet soyeux.

La grâce innée de ce geste était presque hypnotique.

Bon sang. Il fallait que cela cesse.

Cet homme était extrêmement séduisant, je devais l'avouer. Mais je n'avais jamais perdu la tête de cette façon, pas même au cours des quelques mois où j'avais cru être amoureuse de Scott Wyatt, l'homme que Chance avait introduit dans ma vie dans le but de me manipuler. Même avant que je découvre ses véritables motivations, Scott n'avait jamais déclenché en moi un tel incendie grâce à un simple regard.

Après en avoir terminé avec son petit jeu sensuel, Caleb posa les bras sur la table.

— Vous voulez boire un verre ? demanda-t-il.

— Non, merci, je n'ai pas soif.

Il hocha la tête et regarda sa montre.

— Il est 3 heures du matin et nous atterrirons dans quarante-cinq minutes. Nous pouvons mettre à profit ce temps pour parler de notre affaire, ou bien préférez-vous dormir ?

— Parce que vous me laissez le choix ?

Il sourit.

— Malgré l'impression que Maggie vous a donnée, je ne suis pas toujours un tyran, Lily.

Je me sentis gênée d'avoir été percée à jour aussi facilement. Mais n'était-ce pas la raison pour laquelle je l'avais choisi ? Quand j'avais fait une recherche sur le dark web, son nom était apparu en haut de ma liste. C'était un non-conformiste dans l'âme, totalement dépourvu de scrupules lorsqu'il voulait arriver à ses fins.

Et à la façon dont il me regarda à son tour, je compris que je figurais quelque part dans sa liste de souhaits.

Cela expliquait peut-être pourquoi, au lieu d'être épuisée, je me sentais étrangement revigorée. Cela faisait pourtant vingt-quatre heures que je n'avais pas dormi. Si j'avais été occupée à programmer, je serais sur le point de m'effondrer.

Depuis le dernier « présent » de mon harceleur qui était arrivé sur ma boîte mail le matin même, mon esprit ne trouvait plus le repos.

Ce mauvais souvenir me fit l'effet d'une douche froide.

— Je suis prête à répondre à vos questions, dis-je en me redressant.

Son bref hochement de tête indiqua qu'il venait d'endosser à nouveau son rôle d'ange gardien.

— Nous reviendrons sur les origines de l'affaire

lorsque vous aurez pris un peu de repos. Pour l'instant, dites-moi à quel moment vous avez compris que vous aviez attiré l'attention de cette personne.

Je n'eus pas besoin de réfléchir beaucoup. Le souvenir était gravé dans ma mémoire.

— Il y a environ sept semaines, j'ai reçu par mail ce qui ressemblait à un bout de mon code. C'était une copie assez grossière mais elle a retenu mon attention. Et non, je n'ai pas réussi à savoir qui était l'expéditeur.

— Nous pourrions donc être en présence d'une tentative de sabotage.

Cette possibilité me choqua.

— Vous pensez que l'un des concurrents de SDM pourrait être derrière tout cela ?

Les méthodes vicieuses qui sévissaient dans la Silicon Valley n'étaient un secret pour personne, mais habituellement, elles se résumaient à proposer de grosses sommes d'argent pour s'assurer une acquisition et à en dépenser encore plus pour se débarrasser d'un problème.

— Vous seriez surprise de savoir jusqu'où une entreprise est capable d'aller pour devancer la concurrence. Si votre code est aussi révolutionnaire que vous le dites…

— Il l'est, confirmai-je aussitôt.

Les possibilités qu'offrait mon algorithme m'effrayaient un peu mais j'étais extrêmement fière du travail que j'avais accompli. L'idée qu'une personne puisse me le voler me remplissait autant de fureur que de peur.

Caleb s'adossa à son siège mais ne me libéra pas de la puissance virile qui se dégageait de sa personne. Pour cela, il aurait fallu qu'il se trouve dans un autre État.

— Je vous propose de dresser la liste des vingt premières entreprises susceptibles de tirer profit de ce code.

Je secouai la tête.

— Vous n'aurez pas le temps d'enquêter sur elles avant la date de remise du programme.

Une lueur acérée traversa son regard.

— Dressez cette liste, Lily, je m'occupe du reste.

J'avais le sentiment inébranlable qu'il le ferait. J'en étais tellement convaincue que cela m'effraya un peu. Mais cela m'excitait encore plus. Ce qui était aussi grotesque que dérangeant étant donné que je détestais que l'on s'occupe de moi.

Non, c'était faux. Je détestais que personne ne s'intéresse à moi sans avoir une idée derrière la tête. Tout comme je haïssais cette partie tendre en moi qui rêvait que l'on prenne soin d'elle.

Je contractai mon ventre pour résister à cette horrible vérité. En vain. Dernièrement, j'avais été incapable d'écarter mon beau-père de mon esprit aussi facilement qu'avant. Il était vrai que mon harceleur avait agrandi la caverne béante qu'était ma vie. Lui, ou elle, avait révélé des vulnérabilités qui mettaient mes nerfs à vif, qui m'effrayaient et qui accentuaient mon sentiment de solitude. C'est ce dernier sentiment que je détestais le plus. Je voulais chasser cette solitude et si je devais supporter Caleb Steele le temps que ma vie revienne à la normale, il en serait ainsi.

— D'accord, je vous la préparerai dans la matinée.

— Parfait. Dites-moi, quand avez-vous remarqué que ce n'était pas juste un bout de code trouvé sur Internet ? reprit-il en me transperçant du regard.

Une bouffée de peur m'envahit au souvenir de cette première intrusion.

— Il y a deux semaines, j'ai reçu un autre bout de code par mail. Il était très éloigné de celui sur lequel je travaille, mais il prouvait que quelqu'un connaissait la nature de mes travaux.

Les muscles de sa mâchoire tressaillirent.

— Vous ont-ils demandé quelque chose, de l'argent ?

— Non.

— Ils essaient de vous effrayer afin que vous changiez vos habitudes. Pour que vous fassiez un faux pas. À quand remonte la dernière fois qu'il s'est manifesté ?

— Il a laissé un autre bout de code sur mon vélo, devant un café à quatre pâtés de maisons de chez moi.

Caleb pinça les lèvres.

— Il sait donc où vous travaillez et où vous vivez.

Je réprimai un frisson glaçant.

— Oui, on dirait bien.

Il serra légèrement les poings mais sa respiration

ne changea pas. Il continua de me fixer, puis me fit signe de continuer.

— La dernière fois, c'était hier matin. J'ai reçu un autre bout de code avec une photo de moi.

— Une photo ? répéta Caleb.

J'acquiesçai en frémissant à ce souvenir.

— Elle avait été prise deux jours plus tôt pendant que je faisais des courses.

— Bon sang.

Caleb serra les dents avant de se pencher vers moi, visiblement en proie à une colère sourde.

— Qu'avez-vous fait du paquet ?

— Il est chez moi.

L'air grave, il s'empara de son téléphone et s'entretint avec l'imperturbable Maggie. Il lui donna des instructions strictes, lui demandant de récupérer le paquet et de faire une recherche d'empreintes. Il raccrocha tout aussi brusquement et lâcha le téléphone sur la table.

— Parlez-moi de vos activités sur Internet, en dehors du travail que vous effectuez pour SDM.

— La question est plutôt vague.

Un trou d'air secoua l'avion et je sentis mon estomac se soulever.

— Vous voulez savoir si j'ai commis une erreur quelque part ? ajoutai-je.

— Je suis sûr que ce n'est pas le cas, mais vous avez fait quelque chose qui a déclenché tout cela.

Sa logique était imparable. Je tentai d'ignorer mon malaise grandissant.

— Vous pensez que je n'ai pas couvert mes traces ?

Un sourire étira ses lèvres.

— Vous êtes programmeur. Je suis certain que vous videz vos caches même dans votre sommeil. Et je ne parle pas des sites pornos que vous visitez, même si j'aimerais beaucoup savoir lesquels vous préférez.

Je me sentis rougir tandis qu'une douce chaleur envahissait mon bas-ventre.

— Monsieur Steele…

— Oui, Lily ? répondit-il avec une bonne dose de sarcasme.

Je pris une longue inspiration.

— Je ne laisse aucune trace des sites où j'achète ma lingerie fine, pas plus que je ne poste des informations minute par minute des lieux où je me rends à toute heure de la journée. Je sais comment faire pour me protéger.

— Et pourtant, il vous a trouvée, conclut-il, l'air déterminé.

Après quelques instants, je levai les yeux vers lui.

— Que voulez-vous savoir exactement ?

— Les programmeurs font de bons hackers. Si vous avez décroché un poste chez SDM grâce à vos activités de hacker, c'est que vous devez être douée. Quel est votre pseudo ?

Soudain, le nom qui faisait frémir les hackers invisibles du dark web me parut prétentieux.

— Cipher Q.

Il haussa lentement les sourcils.

— Vous êtes Cipher Q ?

Une nouvelle émotion vint rejoindre le cocktail de celles que je sentais tourbillonner en moi. Cette fois, elle n'était franchement pas déplaisante.

— Vous avez entendu parler de moi ?

Il haussa les sourcils.

— La cybercriminalité est un problème pour quelques-uns de mes clients. Maggie et d'autres personnes que je paye gardent un œil sur ces choses pour moi. Il y a quelques mois, mon assistante m'a rebattu les oreilles avec un important concours de hackers. Si mes souvenirs sont bons, vous avez gagné.

Je sentis monter une bouffée de fierté qui vint se heurter au besoin de le corriger.

— Oui, mais il s'agissait de quelque chose de légal. Il n'était pas question de cybercriminalité.

— Qui est arrivé deuxième ?

— Nordic Razor.

— Et que savez-vous de lui ? Comment a-t-il pris sa défaite ?

— Vous croyez que c'est lui qui me harcèle ?

Je vis ses muscles rouler sous sa chemise tandis qu'il haussait de nouveau les épaules.

— Tout le monde n'aime pas perdre face à une femme.

Je secouai la tête.

— Ce n'est pas lui.

— C'est à moi d'en juger. Il me faut également le nom de toutes les personnes qui ont participé à ce concours.

— À ce rythme, je vais passer tout mon temps à dresser des listes pour vous. Il ne m'en restera plus pour travailler.

Il fit un bond en avant et sa personnalité dominatrice et imposante me percuta comme un raz-de-marée.

— Vous ne travaillerez plus du tout si la situation dégénère. Avez-vous déjà oublié que c'était moi qui décidais ?

« C'est moi qui décide. »

J'avais entendu ces paroles bien trop souvent dans ma vie. Elles me retenaient prisonnière depuis trop longtemps. Je grinçai des dents.

— Je n'aime pas recevoir des ordres, monsieur Steele.

— Dommage. Tant que ce bâtard ne sera pas en prison, non seulement vous ferez tout ce que je vous dis, mais vous apprendrez aussi à aimer cela.

Peut-être était-ce le timbre de sa voix. Ou les paroles qu'il avait utilisées. Mais ma fureur s'atténua en même temps que la petite voix traîtresse et charnelle qui rêvait de lui répondre : « Oh ! oui, Caleb. J'apprendrai à aimer ça. » Je sentais toujours le désir pulser entre mes cuisses, mais il s'était transformé.

Pour une fois dans ma vie, je brûlais de m'emparer du pouvoir et de garder la main. De remettre cet homme à sa place une bonne fois pour toutes.

J'en avais assez. Le temps où je me torturais l'esprit pour plaire aux autres était bientôt révolu.

Je défis ma ceinture et bondis de mon siège avant même de réfléchir à mes actes.

Ma petite taille avait parfois des avantages. Je me coulais sur le plateau de la table avec facilité.

Caleb prit une courte inspiration et je me réjouis de le voir si surpris. Je plaçai ensuite mon visage à quelques centimètres du sien, ce qui me permit de percevoir à quel point il était décontenancé.

— Vous croyez vraiment avoir le pouvoir ? murmurai-je d'une voix douce.

Un petit sourire suffisant étira ses lèvres sensuelles.

— Je le sais, grinça-t-il.

— Je vois.

Je m'approchai encore d'un centimètre et humectai mes lèvres du bout de la langue. Son attitude changea. Son regard vorace se posa sur ma bouche et sa respiration devint un peu plus irrégulière.

— Vous ne m'avez pas demandé comment je vous avais trouvé pour régler mon problème, monsieur Steele.

Son regard devint méfiant. Parfait.

— C'est Maggie qui s'occupe de ces choses-là.

J'acquiesçai.

— Hum. Elle m'a posé les bonnes questions. Mais j'ai bien peur de lui avoir un peu menti. Je ne connais pas personnellement le client censé vous avoir recommandé. Je l'ai trouvé d'une autre façon, de même que la liste complète de tous vos clients.

Je vis les muscles de sa mâchoire tressaillir.

— Vous m'avez piraté.

Je m'autorisai un petit sourire.

— Non, je n'ai fait que vous survoler. Mais vous savez ce que j'aurais pu faire si j'avais voulu ?

Il plissa les yeux.

— Quoi donc ?

— J'aurais pu découvrir le moindre détail sur vous.

Le silence s'étira. Ses muscles tressautèrent de plus belle.

— Qu'est-ce qui me retient de vous coucher sur cette table et de vous donner la fessée que vous méritez avant de vous laisser à Palo Alto et de m'en aller ? siffla-t-il entre ses dents.

L'image si érotique de sa paume sur mes fesses roses menaça d'effacer mon sourire. J'ignorai la soudaine chaleur qui irradiait mon bas-ventre et suivis sa mâchoire du bout des doigts en retenant mon souffle. Sa peau était si chaude, si vibrante.

Je sentis son souffle sur mon visage.

— J'ai jeté un rapide coup d'œil à vos dossiers. Je voulais être certaine d'être votre priorité. Votre mission la plus excitante a pris fin il y a deux semaines. Vous êtes un homme d'action et vous vous ennuyez, monsieur Steele. Pour l'instant, je représente le cas le plus croustillant que vous ayez à vous mettre sous la dent.

Mon pouce s'aventura dangereusement près de ses lèvres. Il découvrit ses dents et une autre image me traversa l'esprit. J'imaginai ces dents si parfaites et si blanches effleurant mon sexe.

— Je pourrais m'accorder les vacances que je me promets depuis quelque temps, grommela-t-il.

— Vous ne le ferez pas parce que j'ai également vu de quelle façon vous me regardiez lorsque je suis venue vous rejoindre dans le salon, ce soir. La façon dont vous me regardez maintenant.

Mes doigts glissèrent de son cou puissant vers sa gorge, puis passèrent sur son torse dur avant de se poser sur sa ceinture. Sans le quitter des yeux, je réduisis la distance qui nous séparait et effleurai très légèrement ses lèvres tandis que le désir assombrissait son regard.

— Je sais que vous me désirez, et que vous avez déjà imaginé une dizaine de façons différentes de me prendre.

Je reculai et posai les yeux sur les poings qu'il avait serrés sur la table pour mieux se contrôler.

— Mais vous ne me toucherez pas, pas avant d'avoir arrêté mon harceleur, parce que vous ne mélangez jamais les affaires et le plaisir. Je sais aussi cela sur vous.

Ma main atteignit sa destination finale et glissa sur l'impressionnante et appétissante bosse qui déformait son pantalon. Il poussa un grognement étranglé.

— Ainsi, vous croyez que c'est vous qui décidez, monsieur Steele. Vous pouvez toujours rêver.

4

Caleb

Bon sang.

Je la contemplai, partagé entre l'envie de céder à la colère ou de la supplier. Entre le désir de la jeter par-dessus bord ou de l'implorer de caresser de nouveau mon sexe. Plus fort. Entre lui avouer que oui, son affaire et sa personne m'intriguaient au plus haut point, ou envoyer tout balader.

De retour sur son siège, elle me regarda fixement, un sourire aguicheur aux lèvres. Un sourire que je me jurai de faire disparaître à la première occasion.

Bon sang.

Les femmes avec des bouches comme la sienne n'auraient pas dû être autorisées à jurer, sauf en cas de partie de jambes en l'air débridée. Parce que depuis son semi-baiser et cette délicieuse caresse sur mon sexe, j'étais désormais voué à me déplacer avec une érection assez forte pour briser de la glace.

Même la colère que cette intrusion dans mon intimité avait soulevée ne suffisait pas à apaiser le feu qui embrasait mes reins. J'avais un besoin pressant de savoir ce qu'elle avait découvert d'autre lorsqu'elle avait fureté dans ma vie privée.

Savait-elle que ma mère s'était suicidée ? Était-elle au courant des mesures aussi extrêmes que désespérées que j'avais prises pour essayer de la sauver ? De cette séance chez le pédopsychiatre après que je m'étais effondré ? Heureusement, les cauchemars qui me hantaient depuis sa mort n'étaient transcrits nulle part.

Néanmoins… elle avait franchi la ligne rouge.

Pourquoi donc ?

— Vous jouez à un jeu dangereux, Lily. Le contrôle est-il si important pour vous ?

La réponse brilla dans ses prunelles avant qu'elle baisse les yeux.

— Ne l'est-il pas pour tout le monde ? rétorqua-t-elle.

D'accord. Le contrôle, ou le lâcher-prise, était un problème pour elle. Je mis soigneusement de côté cette information.

Mais malgré son courage et sa volonté, je n'eus pas besoin de creuser beaucoup pour m'apercevoir qu'elle avait peur. De plus, elle était tendue. Les clients qui se trouvaient dans cette situation avaient tendance à réagir de manière impulsive.

L'avion roulait maintenant vers le hangar. Je pris une inspiration.

— Vous vous êtes donné beaucoup de mal pour

m'embaucher. Ne gâchez pas tout en fouillant de nouveau dans ma vie. Faites-moi confiance, je le saurai. Et la prochaine fois, je ne le laisserai pas passer. En échange, je vous donnerai autant d'informations que je pourrai. Marché conclu ?

Elle garda les yeux rivés sur moi, des yeux pleins de fureur, puis elle hocha sèchement la tête.

— Marché conclu.

Je quittai mon siège sans me soucier de mon érection qui tendait encore le tissu de mon pantalon. Elle avait mis le feu aux poudres. Elle méritait bien de se brûler un peu. Et à la chaleur qui teinta ses joues lorsque ses yeux se posèrent sur mon entrejambe, je compris qu'elle venait de s'enflammer tout entière. Toujours partagé entre la colère et le désir, je me penchai vers elle et lui murmurai à l'oreille :

— Quant aux dizaines de façons dont j'ai envie de vous prendre, vous pouvez multiplier ce chiffre par cent. Et vous savez quoi ?

Elle me lança un regard de défi.

— Non.

— Je sais que vous me désirez aussi. Je pense donc que je ne serai pas le seul à souffrir.

Elle ne répondit rien mais je n'attendais pas de réponse.

Nous nous retranchâmes tous les deux dans nos pensées en quittant l'avion.

Maggie avait mis à notre disposition un robuste SUV aux vitres teintées, chose que j'appréciai. Malheureusement, les harceleurs avaient des millions de façons d'épier leurs victimes, et les victimes un million de façons de répondre si elles se sentaient impuissantes.

Cette pensée souleva une question qui m'aida à détourner mon attention du corps menu mais parfait de Lily et de ce que je rêvais de lui faire.

— Possédez-vous une arme ? demandai-je après avoir rangé nos sacs et m'être glissé sur le siège conducteur.

Elle écarquilla les yeux en fermant la portière.

— Une arme ? Pourquoi aurais-je besoin d'une arme ?

— Ne me regardez pas d'un air si surpris. Vous seriez surprise de découvrir combien de personnes exercent leur droit de détenir une arme à feu. Je n'ai pas envie de me laisser surprendre en cours de route.

Je roulai les épaules en arrière pour me débarrasser du fâcheux souvenir de mon ex, et de la douleur de ma blessure par balle qui me faisait encore souffrir.

Lily surprit ce geste et me lança un regard interrogateur.

— Non, je ne possède pas d'arme à feu. Et je n'ai pas envie de porter atteinte à ma personne, quelle que soit la situation.

— Parfait.

Elle garda le silence jusqu'à ce que sa curiosité devienne trop forte.

— Vous avez… ?

— Vous m'avez soutiré assez d'informations

pour ce soir, Lily. Concentrons-nous sur la raison de ma présence, d'accord ?

Ma voix cassante la fit grimacer, mais je ne regrettais rien.

Je suivis l'itinéraire le plus long mais aussi le moins fréquenté de l'aéroport jusqu'au domicile de Lily à Menlo Park. Elle commença à s'agiter lorsque nous bifurquâmes sur une route bordée d'arbres et d'impressionnantes demeures.

— Votre équipe sera toujours là à notre arrivée ? demanda-t-elle.

Je regardai l'heure affichée sur le tableau de bord.

— Non. Maggie m'a envoyé un texto lorsqu'ils sont partis. Ils reviendront demain pour s'occuper de la sécurité à l'intérieur de la maison.

Elle écarquilla les yeux de surprise.

— Oh. Merci.

Je lui lançai un coup d'œil et la vis se mordre de nouveau les lèvres d'inquiétude.

— De rien. Voulez-vous me dire pourquoi le fait de les savoir dans votre maison vous rend si nerveuse ?

Elle détourna les yeux.

— Je ne suis pas à l'aise avec l'idée que des étrangers envahissent mon lieu, marmonna-t-elle.

J'avais le sentiment qu'elle n'était pas complètement sincère mais je n'insistai pas.

— D'accord.

Elle parut soulagée tandis que j'observais les environs.

La moitié des propriétés s'affichaient dans toute

leur splendeur, mais l'autre moitié se cachait derrière des palmiers et des pins. Autant d'endroits où se cacher pour un harceleur.

Lily sortit son téléphone et appuya sur un bouton en désignant d'un signe de tête la propriété devant eux.

— Je vais ouvrir les portes.

Le portail électronique s'ouvrit beaucoup trop lentement.

— Il faut qu'elles s'ouvrent plus vite. Vous êtes une cible trop facile pendant les portes tardent à vous laisser entrer. Nous allons arranger cela.

— D'accord.

Nous pénétrâmes ensuite dans la propriété. Comparée aux autres maisons de la rue, la sienne était plus petite mais assez impressionnante pour se fondre dans le voisinage. Elle s'élevait sur deux étages et se terminait par un toit incliné. La demeure de style européen occupait plusieurs centaines de mètres carrés, avec de grandes baies vitrées qui me firent grimacer. Il suffisait au harceleur de Lily d'une bonne paire de jumelles pour suivre chacun de ses mouvements dans sa maison. Le deuxième étage représentait également une menace pour elle, surtout si mes soupçons se confirmaient et que toutes les chambres à coucher disposaient d'une terrasse qui donnait sur le jardin.

En revanche, la porte d'entrée paraissait assez solide. Je ne pouvais rien contre les colonnes qui encadraient le porche, mais les plantes hautes de deux mètres de part et d'autre de la porte devaient être déplacées.

Lily ouvrit la portière et sortit d'un bond de la voiture. Je réprimai un grognement de contrariété et m'élançai derrière elle. Je la rejoignis juste au moment où elle atteignait la dernière marche qui conduisait au porche.

— Attendez, dis-je en la retenant par le bras.

Une ombre apeurée traversa son visage.

— Vos agents de sécurité viennent tout juste de partir. Vous ne pensez pas que… ?

— On n'est jamais trop prudent. Où sont vos clés ?

Elle fouilla dans son sac et me les tendit. J'actionnai la serrure et découvris un vaste hall.

— Il y a un interrupteur sur votre gauche, dit-elle.

Je l'actionnai et une lumière chaude et dorée inonda la pièce. Une alarme bipa sur le panneau à côté de l'interrupteur. Je saisis le code.

Je découvris en silence la disposition du premier étage. Deux petits couloirs partaient de part et d'autre d'un grand escalier en bois et en fer forgé. Tout au bout du couloir de gauche, j'aperçus dans l'ombre les contours de plusieurs canapés et d'une table basse. Je supposai que celui de droite conduisait à la cuisine.

J'invitai Lily à entrer et fermai la porte derrière nous.

— Restez ici. Je vais inspecter les autres pièces, murmurai-je.

Je sentis contre ma peau la présence rassurante du revolver que j'avais coincé dans ma ceinture avant de quitter l'aéroport.

Lily prit une courte inspiration avant de croiser mon regard.

— Je préfère venir avec vous, murmura-t-elle d'une voix ferme.

Je compris qu'elle n'avait pas peur de rester seule. Non, elle était nerveuse.

La réalité me heurta de plein fouet.

— Vous vivez ici toute seule ? demandai-je.

— Et alors ? demanda-t-elle en levant le menton et en me défiant du regard.

— Hé, je ne vous juge pas.

La taille de la maison ne justifiait pas ma question.

— Je préfère ne surprendre personne à 4 heures du matin.

Son regard glissa vers un autre point.

— Très bien. Non, il n'y a personne chez moi, dit-elle à voix basse.

— D'accord, venez avec moi, mais restez en arrière, c'est compris ?

Elle hocha distraitement la tête.

Aucune surprise ne nous attendait dans la cuisine ou l'office, ni dans la grande buanderie. Je vérifiai que les doubles portes étaient fermées avant d'inspecter les autres pièces en avançant vers le salon.

Je compris pourquoi Lily était gênée quelques minutes plus tard.

Les deux salons reliés par un long vestibule

muni d'une porte conduisaient à un bureau qui n'était pas vraiment désordonné, mais pas impeccablement rangé non plus.

Un plaid gisait en boule sur le bord du canapé, un verre vide était posé sur la table, et des coussins étaient disposés au sol devant la cheminée en marbre. Sur l'accoudoir du canapé gisait un soutien-gorge noir en dentelle entremêlé aux bretelles d'un débardeur. À l'exception de ce léger désordre, tout était propre, et la décoration de bon goût indiquait que la personne qui vivait là prenait suffisamment soin des lieux pour rendre la maison agréable et confortable.

Toutefois, quand je me tournai vers Lily, je vis que ses joues étaient rouges.

— D'accord, je ne suis pas la personne la plus ordonnée au monde, dit-elle, sur la défensive. Mais lorsque je suis submergée de travail, j'oublie de ranger derrière moi. Et j'ai donné congé à ma femme de ménage alors…

Elle haussa les épaules puis parcourut des yeux le canapé. Son regard scruta discrètement la pièce.

— Vous aimez vous sentir bien chez vous, Lily. Il n'y a pas de mal à cela.

Sauf que la vue des coussins moelleux face à la cheminée en marbre blanc venait de rallumer le feu qu'elle avait amorcé dans l'avion.

Elle s'empara du débardeur et du soutien-gorge sur le canapé et les rangea dans un tiroir.

Je la quittai des yeux pour étudier correctement

la pièce. Deux portes menaient à l'extérieur. De nombreuses fenêtres étaient pourvues de rideaux coûteux. Tout cela allait devoir être sécurisé dès le lendemain.

Attirés comme des aimants, mes yeux revinrent se poser sur le canapé. J'aperçus alors un objet rose bonbon qui pointait entre les coussins. Avant que mes soupçons se confirment, Lily vint s'interposer entre moi et le sofa.

Je haussai les sourcils et vis qu'elle rougissait encore plus.

— Pouvons-nous continuer ? demanda-t-elle très vite.

Je ravalai mon sourire et saisis cette occasion de calmer ma libido croissante.

— Absolument.

Nous revînmes vers le hall d'entrée en direction de l'escalier qui menait au sous-sol.

Lily éclaira les quatre coins d'une impressionnante salle de cinéma équipée de tout ce dont un mordu de films pouvait rêver. De luxueuses méridiennes côtoyaient un bar des années 1950 à l'autre bout de la pièce. J'inspectai le bar, le petit cellier et la salle de bains avant d'inviter Lily à entrer.

Elle se dirigea tout droit vers la rangée de sièges devant l'écran et l'objet exposé au grand jour.

Il avait la même couleur rose que celui que j'avais aperçu à l'étage, mais ce vibromasseur se détachait clairement du plaid en peau de mouton noir jeté en travers du siège face à l'écran géant.

J'eus soudain le souffle coupé en l'imaginant les cuisses écartées dans le fauteuil, avec son gadget favori entre les jambes. Avant que j'aie pu m'en remettre, une autre image me traversa l'esprit. Cette fois, c'était moi qui étais entre ses cuisses et qui m'occupais de lui donner du plaisir devant un quelconque film à l'eau de rose de son choix à l'arrière-plan.

Sauf qu'elle était incapable de se concentrer sur l'intrigue qui se jouait…

Elle avait déjà perdu la tête et s'accrochait à mes cheveux, le corps arc-bouté, m'implorant inlassablement de la faire jouir.

Mon pouls s'accéléra méchamment quand elle saisit le sex-toy.

— Puis-je vous faire une suggestion ? demandai-je d'une voix tendue en sentant mon sexe durcir dans mon pantalon.

Ses doigts s'enroulèrent autour de l'objet rose.

— Non.

Je me ressaisis avant de m'avancer vers elle.

— Si cela vous gêne autant que d'autres voient vos petits jouets, peut-être ne devriez-vous pas les laisser traîner.

— Un gentleman n'y ferait pas allusion, siffla-t-elle.

— Et une lady ne se serait jamais couchée sur la table dans mon avion, ne m'aurait pas aguiché avec son corps et n'aurait pas caressé mon sexe sans m'avoir d'abord offert un verre.

— Je ne vous ai pas caressé…, se défendit-elle avec véhémence. J'ai simplement…

Elle rougit de plus belle.

Je ris en me délectant de sa gêne. Et le souvenir du contact de ses mains accentua encore mon désir.

— Lily, je me fiche des jouets avec lesquels vous aimez jouer et vous n'avez aucune raison de vous sentir mal à l'aise. Je suis simplement curieux de savoir ce que vous avez encore pu cacher dans votre maison. Personnellement, j'aime placer des bières fraîches et facilement accessibles un peu partout chez moi mais j'imagine que vous, ce sont les sex-toys. Est-ce par souci d'efficacité ou parce que vous êtes prise d'une impatience incontrôlable lorsque l'envie vous vient ?

Ses prunelles émeraude me transpercèrent.

— Je vais me coucher, monsieur Steele. Prenez ceci comme le signe que je ne répondrai pas à vos questions déplacées.

Elle partit en trombe vers la porte, plus vite que je l'avais prévu.

Je l'arrêtai avant qu'elle atteigne le hall.

— Je n'ai pas encore inspecté les chambres à l'étage.

— Dans ce cas, je vous suggère de le faire sans tarder.

Elle se dirigea vers l'escalier.

— Arrêtez.

Mon ton était plus sec et mon étreinte sur son bras se fit plus dure.

— Ne me parlez pas comme si j'étais Maggie, monsieur Steele, dit-elle d'un ton mordant.

Mon pouce glissa sur sa peau sans que je puisse l'en empêcher.

— Je ne vous confondrai jamais avec Maggie. Vous entrez dans une catégorie à part, ma chérie. Et appelez-moi Caleb.

Mon ton bourru était le témoin direct de l'effet que me procurait son contact.

À en croire ses lèvres entrouvertes et son souffle haletant, elle non plus n'était pas indifférente. L'effet de ce petit soupir sur mon sexe me laissa pantois.

Les étincelles qui crépitaient autour de nous depuis notre première rencontre se renforçaient à chaque minute.

Bon sang, il fallait que je me ressaisisse avant de commettre une folie, comme l'attirer contre moi et goûter avec fougue ses lèvres tentatrices.

— Laissons tout cela de côté et suivez les mêmes règles que tout à l'heure, ordonnai-je. Restez bien derrière moi.

Après m'être assuré que tout allait bien, je pris nos sacs dans la voiture et résistai à la tentation de me servir un verre. Même si je n'étais pas très enthousiaste à l'idée de dormir sous un toit étranger, je savais qu'un verre d'alcool ne pourrait pas assurer mon repos. Les mauvais rêves trouvaient toujours un moyen de s'inviter dans mes nuits agitées.

Je montai l'escalier les dents serrées.

Avoir choisi la chambre à coucher attenante à

celle de Lily n'était peut-être pas la meilleure des idées. La plupart des cauchemars ne me donnaient que des sueurs froides mais parfois, lorsque la dernière vision de ma mère apparaissait… je me mettais à pousser des cris.

Je contemplai la porte de Lily. Elle me l'avait fermement claquée au nez après m'avoir souhaité bonne nuit.

Je souris légèrement. Elle n'apprécierait pas que je lui dise qu'elle était soupe au lait et pourtant, c'était exactement ce qu'elle était. Malgré ses vêtements noirs et sa peau d'albâtre, elle bouillonnait de l'intérieur, tel une mèche prête à s'enflammer.

Je serrai plus fort le bouton de la porte. Était-elle en train d'utiliser son jouet rose pour calmer l'irritation que je lui avais causée ? Cherchait-elle à obtenir ce soulagement indispensable pour éloigner les ombres menaçantes qui pesaient sur elle ?

Bon sang, si je ne me contrôlais pas mieux, je risquais de mourir de frustration.

5

Caleb

L'aube venait à peine de se lever lorsque le visage terreux et sans vie de ma mère me tira d'un coup de mon sommeil, l'esprit en alerte. Ignorant mon cœur qui tambourinait dans ma poitrine, je courus vers la porte et l'ouvris en grand, soulagé de constater que l'alarme annonçant la présence d'un éventuel intrus ne s'était pas déclenchée. Je me souvins alors que j'avais affaire à un harceleur mordu de technologie.

Une fois en bas, je pris le temps de tendre l'oreille. Seul le chœur étouffé des oiseaux brisait le silence.

C'est alors que je perçus un bruit d'eau, comme si une personne venait de plonger. Le revolver que j'avais pris sur ma table de nuit avant de quitter la pièce rebondit sur ma cuisse lorsque je m'avançai vers la porte-fenêtre ouverte du salon. Je m'engageai à l'extérieur.

À dix mètres du patio derrière la maison, une pelouse impeccablement tondue encadrait une margelle en pierre et une piscine plus grande que la moyenne.

Et là, j'aperçus Lily, nageant le plus innocemment du monde.

Irrité et incrédule, je traversai à grands pas la pergola couverte de lierre où trônait un barbecue et me dirigeai vers les transats qui s'alignaient au bord de la piscine.

Je ne pouvais ôter mes yeux de la silhouette qui fendait l'eau, complètement inconsciente de ma présence.

Je la regardai parcourir une longueur, puis une autre tout en inspirant et en expirant doucement, profondément, le temps de me ressaisir.

Je ne ressentais aucune joie.

— Lily.

Ma voix vibrait d'une colère froide, la même que celle qui bouillonnait dans mes veines.

Lily ne s'arrêta pas. Son crawl était fluide et efficace, et ses battements de pieds rapides et réguliers la propulsaient rapidement loin de moi, vers l'autre bout de la piscine.

Je la suivis des yeux et la vis exécuter sous l'eau un virage impeccable avant de s'élancer pour une autre longueur. J'eus le temps d'apercevoir les écouteurs sans fil dans ses oreilles et ma contrariété monta encore d'un cran.

Je passai mon T-shirt par-dessus ma tête et ôtai mon pantalon de survêtement avant de plonger dans la piscine. Deux brasses plus loin, elle était en face de moi. Je croisai son regard paniqué lorsque mes mains se fermèrent sur ses bras. Elle battit des mains et des pieds avant de réaliser qui elle affrontait.

Pendant ce laps de temps, plusieurs scénarios catastrophes avaient traversé mon esprit et assombri mon humeur déjà noire.

— Êtes-vous devenue folle ?

Je ne fis aucun effort pour cacher ma colère.

D'une main, elle essuya l'eau qui coulait devant ses yeux et de l'autre, elle tenta de me repousser. Je ne bougeai pas d'un pouce.

— Pouvez-vous arrêter de crier, s'il vous plaît ?

— Je vous ai posé une question.

— Vous n'obtiendrez pas de réponse si vous ne me lâchez pas. Ou si vous ne baissez pas le ton de plusieurs décibels.

Parfait. Ainsi, ma voix était un peu forte. L'aube venait de pointer et j'avais à peine fermé l'œil de la nuit.

— J'ai dit…

— Je vous ai entendu. Et je suis certaine que mes voisins aussi.

Elle essaya de se dégager. Je la serrai plus fort et la poussai vers le bord de la piscine.

L'eau n'était pas profonde mais étant donné sa petite taille, ses pieds ne touchaient pas le fond. Lorsqu'elle tenta à nouveau de se libérer de mon étreinte, je l'emprisonnai avec une jambe.

Elle se tortilla et posa une main sur mon épaule. La petite décharge qui vibra en moi à son contact se refléta dans l'expression de son visage.

Elle retint légèrement son souffle puis sa main disparut sous l'eau.

— Que faites-vous ? glapit-elle.

Mais le feu tapi sous la surface brillait comme un défi dans ses prunelles noires de colère.

J'ignorai l'effet de sa main sur moi et la fusillai à mon tour du regard.

— C'est plutôt à moi de vous poser la question. À quoi pensiez-vous en venant ici toute seule ?

Le soleil choisit ce moment pour lancer ses premiers rayons et baigner son visage d'une lueur dorée. Les gouttelettes d'eau accrochées à sa superbe peau blanche scintillèrent de mille feux. Je ne pus détourner le regard des trois gouttes qui surplombaient sa lèvre supérieure.

— Je n'arrivais pas à dormir. Nager m'aide à me détendre. Attendez un peu : pourquoi ai-je besoin de me justifier devant vous ?

Elle frétilla avec impatience et ses orteils effleurèrent mon mollet.

Je serrai les dents et m'efforçai de ne pas me laisser distraire par la chaleur qui venait d'envahir mes reins. Maintenant que j'avais son attention, mieux valait la lâcher.

Mais pas avant de lui avoir mis les points sur les *i*.

— Dois-je vous l'écrire en toutes lettres ? Et ces écouteurs, dans vos oreilles ?

Je tirai sur le casque et le lançai sur la margelle.

— Comment espérez-vous pouvoir entendre quelque chose avec ça ? m'écriai-je.

— Je nage toujours avec mes écouteurs. Et non, je n'adhère pas à votre point de vue étriqué. C'est *ma* maison. *Ma* vie. Je peux faire ce que je veux.

— Vous avez la manie du contrôle. Croyez-moi, je l'ai bien compris. Mais vous ignorez à quel moment ce maniaque passera à l'étape suivante. Pourquoi ne pas être venue me réveiller pour me dire que vous aviez envie d'aller nager ?

Elle cligna les yeux.

— Je nage tous les matins, et je n'ai pas besoin de votre permission pour le faire.

— Pour l'amour du ciel. Je suis ici pour cela…

— Je ne veux pas vivre dans la peur et laisser un étranger me dicter mes faits et gestes !

La vigueur de ses propos vint troubler la tranquillité de cette fraîche matinée. Ils résonnèrent autour de nous avant de se dresser entre nous comme un obstacle. Lily se figea, comme si cet éclat de voix l'avait réduite au silence. Son air stupéfait confirma qu'elle avait dit tout haut ce qu'elle pensait tout bas.

Soudain, elle devint livide. Inquiet, je fronçai les sourcils.

— Lily…

— Lâchez-moi !

Elle leva les mains dans l'eau. L'une s'appuya sur mon ventre et l'autre effleura le haut de ma cuisse, puis ma hanche nue. Elle écarquilla les yeux. Quelques instants plus tard, elle baissa les yeux vers mon torse, puis plus bas, et étouffa un cri.

— Mais… Vous êtes… nu ?

Malgré mon mécontentement, je souris.

— Je ne suis pas prêt à mouiller mon survêtement préféré pour n'importe quoi, ma chérie.

La chaleur envahit ses joues. Elle écarta brusquement les mains de mon corps.

— Oh ! mon Dieu !

— Pourquoi tant d'indignation ? Il y a à peine quelques heures, vous caressiez…

— Taisez-vous !

Je suivis des yeux le rougissement de sa peau en me délectant de ce spectacle. Seigneur, je rêvais de la goûter, et de faire glisser ma langue sur son corps.

— Vous avez un tempérament de feu, on dirait. Je pourrais…

Mes paroles s'étranglèrent dans ma gorge lorsque je sentis les mains de Lily s'emparer de ma tête et me tirer vers ses lèvres impatientes.

Elle m'embrassa puis me mordit, très fort. Elle avala alors mon grognement de surprise entre ses lèvres ouvertes avant de m'offrir sa langue. Elle caressa mes lèvres une fois, deux fois, puis plus lentement. Chaque fois, je sentais mon corps s'enflammer.

Bon sang.

J'écartai les lèvres pour mieux la goûter. Elle glissa aussitôt sa langue dans ma bouche et pressa ses lèvres soyeuses avec plus d'insistance contre les miennes. Sa langue me caressait comme je rêvais de le faire avec son sexe : avec audace et impatience. Elle mordilla alors le bout de ma langue et je gémis de nouveau en savourant son goût. Elle était exactement comme je me l'étais imaginée.

Un mélange de paradis et d'enfer.

De péché et d'absolution.

De plaisir et de…

Elle me repoussa aussi vite qu'elle m'avait attiré contre elle. Mon cerveau hébété était toujours absorbé par la délicieuse saveur de sa bouche lorsqu'elle pivota, posa les mains sur le rebord de la piscine et en sortit d'un mouvement souple.

— Mais… ?

La salive inonda ma bouche tandis que je contemplais l'eau qui coulait sur corps, et je fis la grimace. Bon sang, elle était à couper le souffle.

Son regard noirci par le désir ne me trompait pas.

— J'ai voulu vous faire taire, rien de plus.

Je mangeai du regard son corps incroyable et surpris ses seins tendus ainsi que le pouls qui battait au creux de son cou.

— Vous en êtes sûre ?

Elle détourna les yeux. Une minute plus tard, elle serra les mains l'une contre l'autre.

— Nager seule n'est plus d'actualité maintenant, j'en conviens.

— Nous allons dresser une liste afin qu'il n'y ait plus de confusion. Je vous retrouve dans cinq minutes dans la cuisine. Cela vous convient ?

Elle refusait toujours de croiser mon regard.

— D'accord.

Je sentis mon sexe gonfler encore plus lorsque le soleil monta dans le ciel et me permit de voir encore mieux le corps de Lily.

Par un savant jeu de bretelles croisées, son maillot de bain une pièce noir mettait en valeur ses courbes incroyables bien mieux que la plupart des deux-pièces. Je la buvais du regard en me demandant si elle allait se sentir gênée. Mais ce ne serait que lui rendre la monnaie de sa pièce après ce qu'elle venait de faire. En revanche, mes motivations étaient beaucoup plus basiques.

Pieds nus, elle paraissait encore plus petite. Comme il me serait infiniment agréable de jouer avec elle en lui faisant l'amour. Elle se détourna et mes yeux se posèrent sur ses fesses en forme de cœur, ses jambes fuselées et les chevilles les plus jolies qu'il m'ait été donné de voir.

Je réprimai un grognement en sentant mon sexe durcir.

À ce rythme, il allait me falloir une douche bien froide avant de pouvoir mener une conversation digne de ce nom.

Lorsque Lily atteignit le transat pour prendre une serviette, je nageai vers l'autre bout de la piscine, là où j'avais laissé mes vêtements.

Je me hissai hors de l'eau en espérant que l'air frais m'aiderait à calmer mon excitation, chose que l'eau tiède de la piscine ne m'avait pas permis d'obtenir.

Je l'entendis reprendre son souffle lorsque je me penchais vers mon pantalon.

Non, il ne fallait pas que je me retourne…

Je pivotai et surpris son regard braqué sur mes fesses. D'ordinaire, je lui aurais lancé une remarque salace et l'aurais encouragée à me regarder tout son soûl à condition qu'elle me laisse faire de même. Mais nous étions déjà en territoire inconnu et nous nous connaissions depuis à peine douze heures.

Sans compter que mon équipe avait installé un peu partout des caméras qui enregistraient chaque seconde de notre petit spectacle. Les dents serrées, j'enfilai mon pantalon. Après notre conversation, je m'occuperai en priorité d'accéder à la bande et de supprimer cette partie de l'enregistrement.

Le temps que je ferme les portes-fenêtres derrière moi et que je me dirige vers la cuisine, Lily avait disparu. Sa machine à café donnait l'impression de ne jamais avoir servi. Je l'allumai, pris deux tasses et attendis qu'elle fasse son travail.

Lily arriva juste après que le premier café fut servi. Le T-shirt à manches longues n'était pas vraiment sexy en soi, sauf qu'il était très court et exposait une grande partie de son ventre. Il était assorti à des leggings noirs qui moulaient ses hanches, ses cuisses et ses superbes jambes. L'ensemble était d'une beauté renversante. Je réprimai un grognement et m'affairai pour préparer le deuxième café. Il ne me fallut pas plus de dix secondes.

— Comment prenez-vous votre café ? demandai-je.

Elle parut surprise par ma proposition.

— Eh bien… Avec du lait, deux sucres et un trait de vanille.

Je trouvai tous les ingrédients, les versai dans sa tasse et la lui tendis.

Elle accepta le café, but prudemment et cligna les yeux.

— Il est très bon, merci beaucoup.

Je pris ma tasse et la rejoignis près de l'îlot central.

— Pourquoi acheter une machine à café si vous ne l'utilisez pas ? demandai-je pour détourner mon attention de cette bouche dont je ne pouvais oublier la saveur.

— Je ne l'ai pas achetée. Elle était déjà là lorsque j'ai emménagé, ainsi que la plupart des meubles.

Elle s'était exprimée sèchement, indiquant clairement qu'elle ne souhaitait pas s'attarder sur le sujet.

J'ignorai les signaux qu'elle me lançait.

— Depuis combien de temps vivez-vous ici ? insistai-je.

Elle se raidit.

— Trois ans.

— Et vous n'avez travaillé que pour SDM ?

Elle acquiesça puis s'appuya contre le comptoir. Je m'efforçai de diriger mon regard vers ses cheveux mouillés, prêt à tout pour ne pas garder les yeux rivés sur la bande de peau nue et soyeuse ou sur les courbes voluptueuses de ses hanches.

— Pourquoi ne pas avoir pris un appartement plus proche des bureaux de SDM à Sunnyvale ?

Cette partie de la Silicon Valley était le territoire privilégié des P-DG en couple avec des enfants.

Je vis ses longs cils se baisser.

— Le logement faisait partie de mon contrat de travail, et celui-ci était disponible. Je devais m'y installer provisoirement, le temps de me trouver un appartement mais… cette maison m'a plu. Lorsque j'ai eu l'occasion de l'acheter, je l'ai fait, conclut-elle en haussant les épaules. J'ai ainsi évité de perdre du temps à chercher un logement.

La réponse bien étudiée conforta mes soupçons : Lily ne me disait pas tout. Je préférai botter en touche.

— Et outre nager, qu'est-ce qui vous fait sortir de chez vous ?

— Rien sans quoi je ne puisse pas vivre pour l'instant.

— Parfait. Nous sommes donc d'accord pour que vous me laissiez prendre les devants avant de sortir ?

Ses prunelles émeraude rebelles croisèrent mon regard au-dessus du plan de travail en granit.

— Si cela peut éviter que vous plongiez nu dans ma piscine, alors oui.

Elle posa d'un geste impatient sa tasse à moitié vide sur le comptoir qui tinta bruyamment.

— En m'obligeant à me terrer chez moi, n'a-t-il pas gagné ?

— Vous n'êtes pas piégée. Vous allez juste

arrêter de faire les choses seules pendant un laps de temps. De plus, s'il croit que vous avez quelqu'un dans votre vie, il finira par se montrer.

— Quelqu'un dans ma vie ? répéta-t-elle en fronçant les sourcils.

Je haussai les épaules.

— Il ignore qui je suis. Cela va le rendre nerveux. Assez pour se montrer, je l'espère.

Elle réfléchit quelques instants à ma réponse.

— Et s'il ne le fait pas ?

Mon expression se durcit.

— Alors, nous engagerons le combat.

L'époque où je restais assis à attendre que les choses se passent était révolue depuis longtemps. J'avais espéré que d'autres personnes agiraient pour le compte de ma mère et je l'avais payé au prix fort. Elle avait souffert pendant des années jusqu'à prendre la seule décision possible à ses yeux, me laissant assumer seul les conséquences.

La pilule amère que j'avais avalée pendant toutes ces années me brûla de nouveau la gorge. Je la ravalai durement.

Lily baissa les yeux quelques instants.

— Si je vous ai embauché, c'est aussi parce que vous avez un taux très élevé de réussite. J'imagine que vous êtes bon dans ce que vous faites, murmura-t-elle en jouant avec sa tasse.

Je réduisis au silence mon ego qui rêvait de s'enorgueillir du sens caché de ses paroles en la voyant se mordre les lèvres.

— Beaucoup de choses sont en jeu. Je dois à tout prix finir cet algorithme, ajouta-t-elle.

Cet aveu n'était pas facile à formuler et je l'admirai de l'avoir fait. C'est sans doute la raison qui me poussa à contourner le comptoir pour me placer en face d'elle. Je posai un doigt sous son menton et l'obligeai à me regarder.

— Nous allons arrêter ce salaud. Je vous le promets.

Je vis ses narines frémir. Elle prit une courte inspiration. À cette distance, je voyais les ombres qui ternissaient son regard et la peur qu'elle combattait. Jusqu'à présent, elle avait fait preuve de courage mais elle était sur le point de craquer. J'ouvris la bouche pour lui promettre Dieu sait quoi, mais elle recula.

— Heu… À propos de ce baiser…

Son souvenir brûlant envahit mon esprit.

— Oui ?

— C'était déplacé. J'en suis navrée.

— Eh bien… Pas moi.

Elle se raidit.

— Comment cela ?

Je haussai les épaules d'un air désinvolte et me morigénai vivement pour ce que je m'apprêtais à faire.

— Techniquement, je n'ai pas enfreint mes règles. C'est *vous* qui m'avez provoqué dans l'avion. C'est encore *vous* qui m'avez embrassé dans la piscine.

Elle écarquilla les yeux.

— Et cela vous convient ?

— Cela me convient à condition de ne pas y accorder trop d'importance.

D'ailleurs, plus j'y pensais, plus ce que Lily avait fait me réjouissait.

— Est-ce ainsi que vous avez l'habitude de vous dédouaner ? demanda-t-elle en se crispant.

— Dans la mesure où vous êtes la seule cliente que j'ai autorisée à… se comporter ainsi avec moi, je dirais que non.

Lily en resta bouche bée.

Soudain, le souvenir de Kirsten revint en force. Je l'avais séduite en y mettant les formes et j'étais tombé directement dans le piège qu'elle m'avait tendu. Depuis, mes liaisons avec les femmes restaient purement sexuelles et ne duraient jamais plus de deux mois. J'avais découvert que passé ce délai, les risques d'attachement étaient plus grands.

Une ou deux femmes m'avaient traité de salaud au cœur dur. J'avais appris à vivre avec. Je pouvais probablement vivre aussi avec la fâcheuse habitude de Lily de me faire taire, même si j'étais un peu décontenancé de l'avoir ouvertement invitée à franchir mes limites.

— Donc, si jamais l'envie vous prend, sentez-vous libre de la satisfaire.

— Vous êtes sérieux ? demanda-t-elle, le souffle manifestement coupé.

Je haussai les épaules.

— Eh bien, cela ne se reproduira pas, dit-elle sèchement. Avons-nous terminé ?

Je sentis une pointe de déception mais je la chassai.

— Oui, pour l'instant. Mon équipe sera ici à 9 heures pour terminer de sécuriser l'intérieur de la maison. Qu'avez-vous prévu aujourd'hui ?

— Je vais passer une heure ou deux au bureau. C'est plus calme le week-end. J'avance plus vite.

— Nous irons ensemble, dans ce cas.

Elle acquiesça et se dirigea vers l'évier avec sa tasse. Après l'avoir rincée, elle se pencha en avant pour la ranger dans le lave-vaisselle. Je lançai un regard lubrique vers son fessier en forme de cœur.

— Votre liste sera prête dans une demi-heure, dit-elle avant de s'en aller.

Après son départ, je m'appuyai contre le comptoir dans l'espoir que mon érection disparaisse, même si je ne cessais de songer aux raisons que j'avais données à Lily d'enfreindre mes règles.

Allait-elle saisir cette occasion ? Avais-je envie qu'elle le fasse ?

Bon sang, oui !

Le désir puissant qui sous-tendait cette pensée me poussa à quitter la cuisine à la recherche d'une occupation capable de m'occuper l'esprit.

Pendant l'heure qui suivit, j'explorai les huit mille mètres carrés de terrain attenants à la demeure en évaluant les points faibles et en dressant une liste destinée à l'équipe chargée de la sécurité.

Dans le garage, je découvris une moto monoplace noire, rutilante et chromée, à côté d'une

Mini compacte. Les deux véhicules étaient très différents, mais ils collaient parfaitement à la personnalité de Lily Gracen.

Je revins vers la maison, le sourire aux lèvres. Je m'installai ensuite dans la salle à manger et j'envoyai des mails à Maggie et à l'équipe de la sécurité. Puis je me connectai à l'enregistrement des caméras de sécurité, le parcourus et atteignis les moments où nous nous trouvions dans la piscine.

Les caméras avaient filmé sous différents angles mais celle placée dans la pergola avait parfaitement saisi le moment où j'avais rejoint Lily. Nos visages étaient tendus pendant que nous nous parlions. Je vis son air choqué lorsqu'elle s'était aperçu que j'étais nu. Le moment où elle avait attiré mon visage vers elle pour me donner ce baiser mémorable. La cambrure parfaite de son dos et de ses fesses lorsqu'elle était sortie de l'eau à deux mètres de moi, et mon désir flagrant pendant que je la regardais.

Je sélectionnai les sept minutes de bande et plaçai mon doigt sur le bouton Supprimer. Je fis une pause au moment où elle me regardait à son tour lorsque je sortais de l'eau. Son regard ne s'était attardé sur moi que quelques secondes, mais la voir m'observer pendant que j'enfilai mon pantalon m'excita au plus haut point. Comme un imbécile saturé de testostérone, je revins en arrière. Je regardai le baiser. Encore. Jusqu'à ce que mon sexe ne supporte plus la tension à laquelle il était soumis. Jusqu'à ce qu'il tremble d'envie de se soulager en couchant avec elle.

Vite et sauvagement.

Et merde ! J'aurais mieux fait de ne pas visionner ces images. Lily était une femme extrêmement séduisante, avec un corps délicieux et un caractère d'acier. Sans compter un appétit sexuel très naturel qu'elle n'avait pas honte de satisfaire avec des sex-toys.

Mais malgré mon attirance pour les femmes fortes et intelligentes, les règles restaient les règles. Cela faisait dix ans qu'elles m'avaient permis de ne commettre aucune erreur.

Je fermai le capot de mon ordination et m'éloignai de la table. Puis je glissai ma main sous la ceinture de mon survêtement et me caressai rapidement en serrant les dents avant de me lever.

Je ne toucherais pas Lily tant qu'elle resterait ma cliente, me rappelais-je. Mais rien ne m'empêchait de m'assurer que la balle resterait bien au centre.

6

Lily

L'équipe chargée de la sécurité arriva pile à l'heure.

Trois hommes chargés de six grandes caisses noires grommelèrent un vague bonjour avant de se mettre au travail.

Une heure et demie plus tard, ils avaient terminé et étaient partis. L'installation ultramoderne était suffisamment discrète pour se fondre dans le décor mais je ressentais encore leur présence chez moi comme une intrusion.

— Vous voulez partir au bureau dans combien de temps ? demanda Caleb après m'avoir expliqué les procédures de sécurité.

Je m'immobilisai à mi-chemin dans l'escalier et me tournai vers lui. Il se tenait juste derrière moi et je sentais encore des traces de chlore se mélanger à son odeur naturelle, ce qui ne fit rien pour atténuer mon envie désespérée d'oublier ce qui s'était passé dans la piscine.

Bon sang, il avait si bon goût, un goût érotique, enivrant comme une drogue. C'était exactement ainsi que j'imaginais le goût d'un homme, d'un vrai. Et j'avais réussi à le surprendre avec un baiser.

Tout comme la veille, dans l'avion, le fait de prendre le contrôle m'avait donné une sensation… merveilleuse. Libératrice. J'étais partie me coucher avec un sentiment de trop peu. Je m'étais réveillée avec le souvenir de ma main sur son sexe épais et dur. C'est cette image qui m'avait poussée vers la piscine pour calmer mes ardeurs.

Sauf que je l'avais quittée en désirant encore plus Caleb.

Il attendait une réponse, et j'étais là à contempler sa bouche comme une idiote.

Je me détournai brusquement, juste avant que ses sourcils finissent par se hausser d'étonnement.

— J'ai besoin de transférer des données de mon ordinateur portable sur mon ordinateur de bureau. Nous pouvons partir dans dix minutes, si cela vous convient.

J'avais plutôt besoin de me libérer de sa présence trop envahissante pendant quelques heures. Avec cet homme, je comprenais mieux la signification du mot *envoûtant*.

— C'est parfait.

Cinq minutes plus tard, j'étais debout dans mon dressing à observer mes vêtements d'un œil critique. L'idée de passer plus de temps que d'habitude à m'habiller à cause de lui intensifia mes émotions. Mais surtout, je ne pouvais réprimer le frisson de plaisir que je ressentais à l'idée de savoir que Caleb Steele était attiré par moi. C'était le genre de pouvoir qui pouvait monter à la tête d'une femme.

Mais le pouvoir était corruptible, j'étais bien placée pour le savoir. Chance et mon beau-père avaient exercé le leur sur moi pour contrôler chacun de mes mouvements.

En revanche, la situation n'était pas la même entre Caleb et moi. Il m'avait donné le feu vert et il m'avait incitée à exercer mon pouvoir sur lui.

Je ne ferais que mentir si je n'admettais pas que j'étais extrêmement tentée de passer à l'acte.

Bon sang, j'étais en train de perdre le contrôle.

Je retirai mes leggings pour les remplacer par un pantalon en cuir noir. Je gardai mon T-shirt et mes accessoires composés de manchettes en cuir et d'un collier ras-de-cou. En revanche, j'hésitai à mettre mon rouge à lèvres favori. Il attirait trop l'attention sur ma bouche et me faisait me sentir sexy. Mais après l'épisode de ce matin, avais-je vraiment envie d'insister sur ce point avec Caleb ?

Oui, murmura une petite voix dans ma tête. *Et peut-être même encore un peu plus…*

Je fronçai les sourcils et m'emparai d'une main impatiente de mon baume à lèvres abricot.

Plus tôt j'irais au bureau et plus vite je pourrais me plonger dans le travail et oublier mon harceleur et Caleb.

Lorsque j'arrivai sur le palier, mon ange gardien m'attendait en bas de l'escalier, les yeux rivés sur son téléphone. Je me détestai d'espérer à moitié qu'il ne lève pas les yeux, tandis que mon ventre se contractait dans l'espoir inverse. Mes deux souhaits furent exaucés lorsqu'à mi-parcours, je le vis lever lentement la tête. Nos regards se croisèrent avant que ses prunelles brûlantes et troublantes descendent le long de mon corps jusqu'au bout de mes bottines à talons, avant de reprendre plus lentement le chemin inverse.

Seigneur, il ne cherchait même plus à dissimuler son désir. Depuis qu'il m'avait invitée à aller vers lui, il me donnait librement accès à lui.

À la dernière marche, la chaleur lancinante qui peinait à se dissiper depuis notre entrevue à la piscine se mua en un brasier qui remonta jusqu'à mes seins et les fit pointer sous le fin tissu de mon T-shirt, trahissant ainsi mon désir.

Comme s'il lisait dans mes pensées aussi facilement qu'il décryptait les signaux de mon corps, son regard s'attarda sur ma poitrine, puis se posa de nouveau sur mon visage. Le souffle de Caleb était court.

J'ignore combien de temps nous restâmes ainsi à nous regarder.

Soudain, son téléphone bipa, annonçant l'arrivée d'un message. Il baissa les yeux une fraction de seconde puis les braqua de nouveau sur moi.

— Êtes-vous prête ? demanda-t-il d'une voix bourrue.

Je hochai positivement la tête.

Lorsqu'il se tourna pour ouvrir la porte, je remarquai qu'il s'était changé. Il portait un jean noir, un T-shirt noir et un blouson en cuir marron foncé.

— Nous prendrons le SUV, déclara-t-il.

Je m'arrêtai brusquement.

— D'habitude, je vais travailler à vélo, mais j'imagine que ce n'est plus d'actualité. Nous prendrons donc *ma* voiture.

— Sans vouloir critiquer votre voiture, je préfère ne pas arriver avec des crampes aux jambes. Et avant que vous protestiez, sachez que je ne vous suivrai pas.

— Mais…

— Désolé mais il s'agit de l'une de ces situations non négociables dont nous avons déjà parlé. En revanche, la solution de la maison sécurisée reste toujours possible.

J'avançai d'un pas raide vers le SUV et ouvris brusquement la portière. Cet homme avait la faculté de me déstabiliser très facilement et cela m'inquiétait.

J'étudiai son profil pendant qu'il démarrait et faisait rouler l'imposant véhicule vers le portail. Après l'avoir passé, il me décocha un superbe sourire qui me fit frémir encore plus.

Bon sang, si je n'avais pas tenu bon hier soir, je serais en ce moment même confortablement installée dans un chalet au milieu de nulle part avec lui.

Avec cet homme qui m'avait donné le feu vert pour que je satisfasse mes envies avec lui.

Des idées et des images érotiques assaillirent mon esprit, suffisamment pour me réduire au silence pendant qu'il conduisait en direction des bureaux de SDM à Sunnyvale.

Au poste de contrôle, je montrai ma carte d'identité, confirmai au gardien que Caleb était bien avec moi et indiquai à mon ange gardien l'emplacement de ma place de parking.

Une bouffée de fierté s'empara de moi lorsque je le vis lire le titre attenant à mon nom : Vice-présidente junior, programmation et encodage. Malgré le joug que faisaient peser sur mes épaules Chance et mon beau-père, je savais que j'avais mérité ce poste. Que j'étais capable de gravir des montagnes encore plus hautes. J'avais d'ailleurs la ferme intention de le faire, aussitôt libérée de mes deux oppresseurs.

Caleb me lança un regard plein de respect.

Je sentis un nœud se desserrer dans ma poitrine. Cela m'affola encore plus de comprendre que je désirais voir ce respect dans ses yeux. Que je voulais qu'il me voie à travers d'autres prismes que celui de la victime sans défenses qui avait besoin de son aide.

Il m'ouvrit la portière et je descendis d'un bond.

— Lily, attendez…

Il me rattrapa plusieurs voitures plus loin.

— Quoi donc ?

— Il ne faut pas partir comme ça en trombe et me laisser derrière vous, compris ? grinça-t-il.

Il paraissait contrarié mais essayait de le cacher derrière un faux sourire. Il s'empara de mon poignet et parcourut le parking du regard, à l'affût du moindre danger.

Je me sentis pâlir. Il resserra son étreinte comme pour me rassurer malgré sa contrariété.

— Je sais que cela vous est difficile, mais vous le vivrez beaucoup plus facilement si vous acceptez provisoirement quelques changements.

— Comme accepter que vous deveniez mon ombre ?

Cette fois, son sourire parut plus sincère.

— Je pensais plus à une seconde peau mais je m'en tiendrai à l'ombre.

J'essayai de ne pas me souvenir de sa peau dorée contre la mienne, sans succès.

— D'accord. Pouvons-nous y aller maintenant ?

— Bien sûr.

Il venait encore d'obtenir ce qu'il voulait. Essayer de lui rendre la pareille ne pouvait que me rendre folle. Je décidai d'avancer vers mon bureau.

Les bureaux de SDM à San Francisco ressemblaient à deux bananes face à face, reliées par des couloirs en verre et en acier à chaque étage. Les équipes chargées du développement et de l'informatique occupaient un bâtiment, et celle chargée de la partie logicielle, programmation et encodage, l'autre.

Je pénétrai dans le bâtiment de gauche et souris au gardien derrière son bureau.

— Bonjour, Charlie.

L'homme corpulent entre deux âges me sourit en retour.

— Bonjour, mademoiselle Gracen.

— Je vous présente M. Steele. Il est… consultant. Il est venu de Los Angeles et restera chez nous… quelque temps. Pouvez-vous lui faire un badge, s'il vous plaît ?

Le regard de Charlie se posa sur Caleb puis il hocha la tête.

— Bien sûr, dit-il.

Caleb lui tendit sa carte d'identité, prit le badge et l'étudia en fronçant les sourcils, tandis qu'ils se dirigeaient vers l'ascenseur.

— Qu'y a-t-il ? demandai-je.

Il braqua ses prunelles bleues sur moi.

— Vous êtes une piètre menteuse.

Je me sentis rougir et reportai mon attention vers l'indicateur d'étage.

— Je le prends comme un compliment.

Du coin de l'œil, je le vis se rembrunir un peu plus.

— Quelque chose vous tracasse, monsieur Steele ?

— Charlie se doutait que je n'étais pas un consultant et pourtant, il m'a donné mon badge, siffla-t-il. Je n'étais pas recherché. Il ne vous aurait été d'aucun secours si j'avais voulu vous faire du mal.

J'appuyai sur le bouton d'arrêt d'urgence, de nouveau bouillonnante de colère.

— Primo, Charlie fait très bien son travail, lançai-je d'un ton exaspéré. La procédure normale est beaucoup plus contraignante que celle-ci lorsque nous amenons des invités dans ce bâtiment. Il a laissé passer quelques petites choses parce qu'il me connaît. Secundo, vous partez du principe que si vous aviez braqué une arme sur moi, je me serais laissée faire comme une enfant. Je sais me défendre. Si vous ne me croyez pas, mettez-moi à l'épreuve.

J'avais à peine fini de prononcer ces paroles qu'il s'avança vers moi. Il me saisit par la taille, me souleva et me cloua contre le mur.

— Bon sang, que faites-vous ? demandai-je d'une voix rauque.

— J'accepte le défi.

J'essayai de reprendre mon souffle qui s'était coincé dans ma gorge sous l'effet combiné de son geste et de sa proximité. Je ne reçus qu'un effluve de son enivrant parfum qui me fit défaillir. Lui, et son regard bleu si intense.

Ses yeux se posèrent sur mes lèvres. Il souffla longuement sans quitter ma bouche du regard pendant plusieurs secondes. Il serra plus fort ma taille et la chaleur de ses mains pénétra directement dans ma peau. Un désir lancinant et insistant pulsa entre mes cuisses.

Je lâchai ma sacoche et pliai une jambe mais Caleb me bloqua d'un geste souple, quelques centimètres avant que mon genou n'entre en contact avec son sexe. Son rire grave et rauque me fit voir rouge. Je serrai mes deux poignets contre son cou. Ses yeux brillants semblaient se moquer de moi, et je compris qu'il aurait pu se dégager s'il l'avait voulu. Mais avec mes manchettes cloutées enfoncées dans sa carotide, il ne pouvait aller nulle part.

Je sentis ses pouces s'enfoncer dans mes hanches. Son corps pesa sur le mien, me clouant encore plus contre le mur.

— Dire que je croyais que ces manchettes n'étaient faites que pour rendre les hommes fous, souffla-t-il contre mes lèvres.

J'effleurai le bout de ses cheveux avec les doigts et ressentis le désir violent de les enfoncer plus loin.

— Virtuellement, vous ne pouvez pas parler car je viens de vous couper la gorge, murmurai-je.

Il rit de nouveau.

— C'est vrai. Vous marquez un point.

— Formidable. Pouvez-vous maintenant… me reposer par terre ?

Pourquoi la deuxième partie de cette phrase resta-t-elle coincée dans ma gorge ?

Il secoua la tête.

— Pas tant que vous n'aurez pas accepté de cesser de m'appeler *monsieur* Steele.

— Et si je refuse ? dis-je pour le provoquer.

— Techniquement, je suis en train de mourir. Je mérite de formuler un dernier vœu, ne croyez-vous pas ?

— Et votre dernier souhait est de m'entendre prononcer votre prénom ?

Il dévora ma bouche des yeux.

— Oui. Mais un autre baiser de votre part ne me déplairait pas, non plus. J'aimerais aussi sentir vos jolies petites mains sur mon sexe. Bon sang, je suis prêt à prendre tout ce que vous voudrez bien me donner.

— Vous… Je…

— La balle est dans votre camp, bébé, m'encouragea-t-il en basculant le bassin pour forcer l'empreinte de son sexe entre mes cuisses.

Il rit nerveusement.

— Littéralement, ajouta-t-il.

Bon sang. Son sexe était épais. Et long.

La douleur entre mes cuisses s'intensifia un millier de fois. Je sentis mon clitoris gonfler et mon sexe se serrer avidement. J'enfouis les doigts dans ses cheveux avant de les saisir à pleines mains, les tirant légèrement tandis que j'enroulais mes jambes autour de sa taille.

Il étouffa un grognement en se calant plus fermement entre mes cuisses. Les couches de tissu entre nous paraissaient ne plus exister lorsqu'il pressa son sexe dur contre le mien.

— Bon sang, grogna-t-il. C'est si bon d'être contre vous.

Je penchai la tête vers lui. Cette fois, nos lèvres n'étaient plus qu'à quelques millimètres. Puis je commençai à onduler doucement les hanches pour mieux le sentir.

Il grogna de nouveau en regardant l'endroit où nos corps se touchaient, en dessous de sa ceinture.

— Vous aimez cela… monsieur Steele ? demandai-je en remontant langoureusement les hanches contre lui.

Il serra les dents et fut saisi d'un long frisson.

— Petite sorcière. Vous aimeriez me voir jouir ici même, n'est-ce pas ? murmura-t-il.

Je voulais qu'il perde un peu le contrôle, mais pas avec toutes ces ennuyeuses couches de vêtements entre nous. Pourtant je ne pouvais pas le lui dire.

— Mourrez-vous heureux ensuite ?

— Pas du tout, siffla-t-il. Je préférerais sentir votre sexe chaud, humide, serré autour de…

— Hey ! Tout va bien ? dit une voix désincarnée dans la cabine de l'ascenseur.

Caleb serra les dents et étouffa un juron.

— Nous allons bien, grogna-t-il sans me quitter des yeux.

— Vous êtes sûrs ? Nous avons un technicien si vous avez besoin d'aide, proposa la voix avec amabilité.

— Lâchez-moi, murmurai-je contre ses lèvres.

L'espace d'un instant chargé de tension, il résista. Puis son étreinte se desserra et il me fit glisser le long du mur. À chaque centimètre, son érection me brûlait et affirmait sa puissance, si fort que mes seins durcirent et mon sexe devint humide.

Ce n'était pas du tout convenable mais je ne ressentais pas l'ombre d'un regret. Je ne pouvais que penser aux délicieuses sensations que je ressentirais si je l'accueillais en moi.

— À suivre, je l'espère, murmura-t-il contre ma joue tandis que mes pieds atteignaient le sol.

Il recula d'un pas. Puis d'un autre. À contrecœur, il laissa tomber les mains de chaque côté de son corps. Puis, sans me quitter des yeux, il appuya sur le bouton pour libérer l'ascenseur.

La cabine reprit sa course avec un léger bruit de ferraille qui m'aida à reprendre mes esprits. Pourtant, même ainsi, une grande partie de moi-même n'en revenait pas de ce que j'avais fait.

Avec Scott, et avant de découvrir que Chance l'avait poussé dans ma vie pour mieux me contrôler et m'espionner, le sexe avait été au mieux un acte tiède.

Ce qui arrivait à mon corps lorsqu'il se trouvait à proximité de celui de Caleb me stupéfiait.

J'évitai soigneusement de le regarder en le conduisant à travers l'open space qui menait à mon bureau d'angle. Comme dans la plupart des entreprises de la Silicon Valley, les espaces étaient conçus pour inviter à la détente dans le but de faire naître des idées à travers les échanges.

J'entrai dans mon bureau, posai ma sacoche au sol et allumai mes trois écrans. Du coin de l'œil, je vis Caleb inspecter les lieux avant de se reconcentrer sur moi.

Lorsqu'il entreprit de s'approcher, je saisis ma sacoche.

— Voici la liste que vous m'avez demandée, dis-je d'une voix neutre.

Ses prunelles brûlantes s'attardèrent sur mon visage et sur ma bouche, le temps d'une minute torride, puis il prit le document.

— Merci.

— Si vous avez besoin d'un endroit pour travailler, vous trouverez un bureau et un ordinateur juste à côté.

Il fouilla dans sa poche et je m'efforçai de ne pas trop m'attarder sur son T-shirt et sur la façon dont il moulait avantageusement son torse.

— Non, merci. J'ai tout ce dont j'ai besoin, déclara-t-il en me montrant son téléphone.

Il traversa la pièce et se laissa tomber sur le canapé modulable adossé au mur. Il posa ensuite un pied sur la table basse. Une minute plus tard, ses doigts volaient sur le clavier.

Je supportai assez mal le quart d'heure qu'il me fallut pour arriver à me concentrer, mais finalement je parvins à me mettre dans le bain. Je passai les heures qui suivirent à fignoler les améliorations que j'avais apportées le matin à mon programme. Les obstacles que rencontrait mon code étaient frustrants, mais je ne pouvais pas négliger cette partie. Sinon, SDM ne serait pas prêt pour la présentation de son premier test bêta.

Et cela était inconcevable.

Pour satisfaire mon envie pressante d'en finir avec Chance, il fallait que tout se passe bien.

Parfois, il m'arrivait de souhaiter ne jamais

l'avoir piraté. J'aurais dû le prendre au mot le jour où il s'était présenté chez moi avec une voiture de police et où il m'avait menacé de me jeter en prison si je ne faisais pas ce que lui et mon opportuniste de beau-père me dictaient.

Savoir avec quelle facilité Stephen Gracen avait exploité sa propre belle-fille me fit grimacer de douleur.

J'étais en train de respirer profondément pour m'en débarrasser lorsque Miranda, mon assistante, entra dans le bureau.

Son regard se posa directement sur Caleb. Pour y rester.

Aussitôt, il redressa la tête, mais la sévérité avec laquelle il avait détaillé mes autres employés avait disparu. À la place, un petit sourire plana sur ses lèvres tandis qu'il contemplait ma grande et belle assistante.

— Salut, dit-il d'une voix charmeuse en se levant.

Le sourire éclatant de Miranda illumina son visage.

— Bonjour, je m'appelle Miranda.

Elle se dirigea vers lui, la main tendue.

— Et vous êtes ? demanda-t-elle.

Caleb s'empressa de la saisir.

— Caleb.

— Bonjour, Caleb, répéta-t-elle.

Puis elle resta plantée devant lui à le regarder.

Je desserrai doucement les dents, me raclai la gorge, et tous les deux se tournèrent vers moi.

J'ouvris la bouche pour expliquer la présence

de Caleb, puis me souvins que j'étais une piètre menteuse. Voyant qu'il haussait les sourcils, je reportai mon attention sur Miranda.

— Je ne t'attendais pas aujourd'hui.

Elle lâcha à contrecœur la main de Caleb et je remarquai qu'elle ondulait des hanches un peu plus que d'ordinaire en avançant vers mon bureau.

— J'avais le choix entre une sortie à vélo avec les gars du design, ou terminer la mission que tu m'as confiée mercredi.

— Cela pouvait attendre lundi, répliquai-je.

Son travail n'avait rien à voir avec le projet secret sur lequel je travaillais, mais Miranda avait certaines aptitudes pour la programmation dont je me servais de temps en temps.

Elle haussa les épaules.

— Programmer écarte le risque que je me casse un bras, même si les gars prétendent que le vélo est une activité très excitante.

Elle fit glisser une main sur sa robe en maille et regarda Caleb.

— Je préfère l'excitation que me procurent d'autres activités.

Caleb rangea son téléphone dans la poche arrière de son pantalon et croisa les bras. J'aurais juré entendre Miranda étouffer un grognement.

— Je te laisse à ton travail, alors, dis-je d'une voix teintée d'une irritation que je ne pus dissimuler.

Elle hocha la tête, puis décocha un dernier regard à Caleb.

— À la prochaine, alors ?

Caleb lui sourit.

— Oui, très certainement.

Il eut le mérite de ne pas la reluquer lorsqu'elle se dirigea d'un pas chaloupé vers la porte, peut-être parce qu'il savait qu'il pouvait l'avoir quand il voulait. À la place, il tourna ses prunelles bleues vers moi.

Oh ! non. Je n'étais pas prête à répondre à ses questions sur Miranda.

La grande brune pouvait travailler comme top model n'importe quel jour de la semaine, et elle était constamment sollicitée à l'extérieur du bureau.

De plus, techniquement, elle n'entrait pas dans la catégorie des femmes avec lesquelles Caleb refusait de sortir.

Je braquai mon regard sur l'écran et continuai de travailler.

Caleb comprit le message et retourna s'asseoir sur le canapé.

Une heure plus tard, je vis son ombre avancer sur ma table.

Je retins mon souffle. Irritée par la manière dont mon corps ne cessait de me trahir, je levai la tête.

— En quoi puis-je vous aider ?

Sa bouche se tordit en une parodie de sourire.

— Vous avez l'air différente. Beaucoup moins… tendue. Oui, vous avez l'air détendue.

Je maudis le rouge qui venait d'envahir mon cou.

— J'ignore de quoi vous parlez.

— Évidemment. Vous êtes dans votre élément.

— Où voulez-vous en venir ? J'ai une montagne de travail et…

Mon souffle s'accéléra lorsqu'il se pencha sur le bureau et posa un doigt sous mon menton.

— Vous n'avez pas besoin d'être autant sur la défensive quand vous êtes avec moi. Et encore moins lorsque je vous fais un compliment.

— Je ne suis pas…

— Vous feignez d'être offensée parce que je vous ai dit que vous aviez l'air plus dans votre élément avec vos ordinateurs que dans la cage dorée qui vous sert de maison. Mais cela n'est pas nécessaire.

La justesse de ses propos m'obligea à m'écarter de lui.

Ma maison était luxueuse sous bien des aspects, mais il y avait autre chose que je n'avais pas dit à Caleb la veille. C'était également une prison dorée. À mon arrivée à San Francisco, Chance m'avait logée là car il voulait que je sois isolée. Et le voulait encore. Pour l'heure, c'était un endroit où je dormais et mangeais, mais dans lequel je ne me sentirais jamais chez moi.

Caleb m'observait attentivement, lisant chacune de mes expressions.

Mon regard se posa sur sa gorge tandis que j'éclaircissais la mienne.

— Vous faites erreur, je ne suis pas offensée.

Il soupira.

— Quel est votre restaurant préféré ?

Je clignai les yeux.

— Comment ?

— Pour déjeuner. Où aimez-vous manger ?

— Pourquoi cette question ?

— Bon sang. Vous aimez me contrarier, pas vrai, Lily ?

Je serrai le rebord de la table, incapable de chasser de mon esprit ces moments dans l'ascenseur. Je sentais encore son sexe entre mes cuisses et j'entendais sa voix qui me murmurait ce qu'il rêvait de me faire.

Tout ce pouvoir, toute cette splendeur, sous mon contrôle…

Il se pencha plus près de moi et le soleil brilla dans ses cheveux bruns aux reflets acajou.

— Je me demande ce qui se passe dans votre tête, conclut-il.

Je détournai les yeux de son corps et citai le nom d'un restaurant japonais que j'aimais beaucoup. Il pianota sur son téléphone et j'entendis le bruissement d'un texto.

— Pourquoi devons-nous sortir ? demandai-je. Ce restaurant possède un service de livraison. Nous pourrions passer commande et nous faire livrer.

Il secoua la tête.

— Comme je vous l'ai dit, il est temps de changer vos habitudes. Votre harceleur vous connaît. Nous allons donc introduire un élément nouveau dans l'équation.

— Laissez-moi deviner. Vous ?

— Oui. Nous allons nous montrer. De plus, j'ai quelques questions à vous poser sur les personnes qui figurent sur votre liste. Je préfère le faire dans un endroit où nous ne risquons pas d'être interrompus.

Il désigna des analystes qui discutaient devant la porte de mon bureau. L'un d'eux leva la tête et me fit un signe de la main.

Caleb le fusilla du regard. Les deux hommes disparurent très vite.

— Eh bien, vous pouvez être fier de vous, dis-je.

Caleb se tourna de nouveau vers moi.

— Hier soir, vous m'avez dit que vous travailliez sur un projet secret.

— En effet.

Il désigna les vitres de mon bureau.

— Je croyais que vous travailliez dans un sous-sol, dans l'une de ces cages de Faraday.

J'ouvris la bouche puis me ravisai et fermai mon ordinateur.

— Venez. Je vais vous montrer comment les choses fonctionnent. Ensuite, peut-être cesserez-vous de regarder de travers toutes les personnes qui entrent dans mon bureau.

Il esquissa un sourire satisfait.

— Je ne peux pas vous le promettre. Et je n'ai regardé personne de travers.

Non, en effet. Miranda avait eu droit à son sourire le plus charmeur. Je ne cherchai pas trop à savoir pourquoi ce détail me contrariait autant.

Une fois dans l'ascenseur, je m'assurai de rester à bonne distance de Caleb, même si je ne pus échapper à la chaleur intense de son regard lorsqu'il s'adossa contre le mur opposé.

Bon sang. Je ne pourrais certainement plus jamais monter dans un ascenseur sans penser à Caleb Steele.

Je saisis le code qui nous permettait d'accéder au troisième sous-sol. Le garde posté à l'entrée de la cabine prit le badge de Caleb puis nous longeâmes un couloir qui menait à une porte métallique.

— Pour répondre à votre question, les deux bâtiments sont équipés de vitres spéciales réfléchissantes pour éviter que l'on puisse nous épier de l'extérieur. Nous y voici.

Je le conduisis dans une pièce aussi vaste qu'un entrepôt, complètement vide, à l'exception d'une imposante structure grillagée dans laquelle se trouvaient un bureau et une chaise.

— La cage de Faraday, murmura Caleb.

Je hochai la tête.

— De quoi s'agit-il ? demanda-t-il en désignant une estrade contre le mur de gauche où se trouvait un petit ordinateur intégré.

— Chaque touche que je presse sur mon ordinateur portable ou mon ordinateur fixe dans mon bureau à l'étage s'enregistre automatiquement sur cet ordinateur. Il n'est pas impossible de le pirater, mais cela serait très difficile. Et je ne viens pas travailler ici parce que, comme vous le voyez, cette station de travail ne peut accueillir qu'une seule personne.

En outre, je ne voulais pas voir Caleb tourner à l'extérieur de la cage comme un prédateur.

Caleb contourna la cage et examina chaque partie avant de venir me rejoindre.

— Vous avez conçu tout cela ?

— Oui, dis-je en m'humectant les lèvres.

Son regard s'enflamma. Ses prunelles me disaient qu'il avait envie de me toucher, ainsi que d'autres choses plus troublantes encore. Des choses que ses règles lui interdisaient de faire.

— Toute cette beauté et cette intelligence enfermées dans cette sinistre cage.

Je sentis de nouveau monter une bouffée de fierté qui se mêla aux multiples brasiers que son regard déclenchait en moi.

— Est-ce votre façon de me dire que vous êtes impressionné ?

— C'est ma façon de vous dire que je suis *très* impressionné.

Avant de pouvoir m'en empêcher, je lui souris, me délectant sans vergogne de son compliment.

Son regard s'attarda sur ma bouche et je vis ses narines se pincer légèrement lorsqu'il souffla.

— Vous avez un très beau sourire, Lily. Vous devriez le montrer plus souvent.

Je savais que Caleb était attiré par moi, mais le chatoiement de son regard lorsqu'il avait vanté ma beauté déclencha en moi une émotion très troublante.

Mieux valait cesser d'y réfléchir et profiter de cet instant.

Le problème, c'est que je me sentais beaucoup trop bien avec Caleb.

Or, je le payais pour être là. Une fois son travail terminé, il ne serait plus qu'un lointain souvenir.

Sauf s'il devenait un souvenir impérissable…

Je me détournai brusquement, prise de court par la puissance de cette tentation. J'utilisai le prétexte d'amener l'ordinateur dans la cage de Faraday et y transférer les données de mes derniers travaux pour réfléchir intensément à toutes les possibilités.

Caleb et moi.

Dans un lit.

La veille, il m'avait donné le feu vert pour le séduire et ce matin, dans l'ascenseur, il m'avait presque suppliée de l'emmener au septième ciel.

Qu'est-ce qui m'arrêtait ?

Lorsque j'avais découvert que Scott n'était qu'un pion placé de manière stratégique dans ma vie, et non un homme rencontré simplement au cours d'une soirée, ma confiance en moi avait sérieusement été entamée, sans compter le vide que cette aventure avait laissé dans ma vie sexuelle. Avec Caleb, j'avais la possibilité de remédier à la question sexuelle sans me soucier de savoir si mes émotions étaient sincères.

En outre, si nos brefs effleurements étaient des indicateurs fiables, le sexe entre nous risquait d'être fabuleux.

— Lily.

Mon Dieu, cette voix… Aurait-elle la même

intonation lorsque Caleb sera profondément enfoui en moi, au point de me faire perdre la tête ?

— Lily ?

Je pris une courte inspiration, adoptai une expression neutre et me tournai vers lui.

— Oui ?

— Vous avez terminé ? demanda-t-il en haussant les sourcils.

— Oui, j'ai terminé.

— Parfait. C'est l'heure du déjeuner.

Lorsque nous pénétrâmes dans l'ascenseur, je me souvins d'autres bribes de la conversation que nous avions eue dans mon bureau.

— Vous m'avez dit que vous aviez des questions à me poser.

Il me regarda d'un air inquisiteur, comme s'il lisait dans mes pensées.

— Oui, en effet, répondit-il d'un air absent.

Puis il enfonça les mains dans les poches arrière de son pantalon.

— J'en ai plusieurs. Privées comme professionnelles. Vous voulez commencer par les questions d'ordre personnelles.

Je sentis mon souffle se couper.

— Je…

— Parfait. Quand avez-vous fait l'amour pour la dernière fois ?

7

Caleb

— Il faudra bien que vous me répondiez un jour ou l'autre, dis-je d'un ton détaché.

Elle retint son souffle et rougit violemment, ce qui me valut de déployer de gros efforts pour ne pas caresser ses joues roses, puis elle finit par se fermer comme une huître.

Pour être tout à fait honnête, les employés de SDM qui étaient venus nous rejoindre dans l'ascenseur avaient mis un terme à la conversation.

Mais Lily garda le silence dans le SUV et pendant tout le temps du trajet jusqu'au restaurant.

Je me garai en face du restaurant japonais et ignorai le voiturier qui vint nous accueillir lorsque nous sortîmes du véhicule.

— Je peux répéter ma question, si vous le voulez. Je vous parlais de sexe, Lily. À quand remonte…

— Je vous ai très bien entendu la première

fois, rétorqua-t-elle en soufflant d'un air contrarié lorsqu'elle atteignit la porte du restaurant.

Je lui emboîtai le pas, un peu irrité moi aussi. À dire vrai, je ne voulais pas lui poser cette question. Pas tout de suite.

Mais comme je m'en doutais, chaque fois qu'elle me révélait un peu plus son esprit brillant, je m'attachais un peu plus à Lily Gracen. J'avais été sur le point de renoncer aux règles que je m'étais fixées pour l'embrasser dans le sous-sol. Après m'être frotté à elle dans l'ascenseur, qui aurait pu m'en blâmer ? Bon sang, je sentais mon sexe se durcir rien qu'en imaginant comment elle avait ondulé contre moi.

Et oui, j'étais un peu irrité qu'elle ait réussi à se contrôler avant moi. Quoi qu'il en soit, il fallait aborder le sujet. Pourquoi pas maintenant ?

Je repérai les deux agents de sécurité que j'avais demandé à Maggie d'envoyer et accompagnai Lily dans le restaurant. Le serveur nous suivit jusqu'à l'alcôve privée que j'avais réservée.

— Lily, dis-je d'une voix rauque qui, d'après Maggie, ressemblait à un grondement de volcan. Nous en finirons plus vite si vous arrêtez de disséquer toutes mes questions ou d'en prendre ombrage.

Elle cligna à peine les yeux en entendant mon ton accusateur et étudia le menu pendant une longue minute avant de le refermer brusquement.

— Qu'est-ce que le sexe vient faire dans tout cela ? siffla-t-elle.

Je haussai les épaules.

— Peut-être rien. Peut-être tout. Je croyais que vous étiez pressée d'en finir avec cette histoire.

— C'est le cas, mais…

— Quel âge avez-vous ?

C'était une autre question importante que je ne lui avais pas encore posée. Elle était plus que majeure mais les éclairs d'innocence qui brillaient parfois dans son regard méritaient que je creuse un peu plus.

— Vingt-quatre ans, répondit-elle en fronçant les sourcils. Et vous ?

Si elle ne le savait pas, alors, elle ne m'avait pas menti en disant qu'elle n'avait fait que survoler mon passé. Un autre point en sa faveur.

— Ici, c'est moi qui pose les questions, mais si cela peut vous rendre plus coopérative, sachez que j'ai vingt-neuf ans. Je mesure un mètre quatre-vingt-quinze. J'ai encore tous mes cheveux et toutes mes dents. Et je suis célibataire.

Une expression avide traversa son visage mais elle parvint à la dissimuler avec art.

— Depuis combien de temps exercez-vous ce métier ? demanda-t-elle.

— Vous n'avez pas entendu ce que je vous ai dit à propos des questions ?

— Je suis censée vous faire confiance pour assurer ma sécurité, non ? J'ai le droit d'en savoir un peu sur vous, vous ne croyez pas ?

C'était juste. À sa place, j'en aurais posé plusieurs

centaines. Je sentis à nouveau monter une bouffée d'excitation. Pourtant…

— Vous pourrez me poser trois questions mais d'abord, vous devez répondre aux miennes.

Je reçus en retour un regard interrogateur et sarcastique qui me fit aussitôt réagir sexuellement.

— Quels sont vos accords avec SDM ? Vous avez dit que vous aviez une histoire avec eux.

Elle se ferma aussitôt.

— Ils m'ont inscrite à l'université et m'ont embauchée dès la fin de mes études.

Intéressant.

— Et de quelle université s'agissait-il ?

— Le MIT.

— Vous êtes originaire de l'Est ?

Le serveur arriva à notre table. Lily commanda un soda et un assortiment de bouchées sans même consulter le menu.

— Je prendrai la même chose avec une bière, dis-je.

Le serveur hocha la tête et s'empressa de partir avec la commande.

— Pourquoi est-ce si important de savoir d'où je viens ? demanda-t-elle d'un air prudent.

— Est-ce l'une des questions que vous vouliez me poser ?

— Je pense surtout que vous perdez du temps à me poser des questions inutiles.

Elle semblait déroutée par ma façon de procéder, ce qui m'incita à creuser un peu plus.

— Vous êtes harcelée, Lily. Vous ne croyez

pas que savoir d'où vous venez peut m'aider à découvrir qui vous en veut ?

Je vis ses épaules s'affaisser un peu mais en même temps, elle releva le menton.

— Très bien. J'ai grandi dans le Maine, mais nous avons déménagé à Boston quand j'avais dix ans.

— Nous ?

— Mon beau-père et moi. Avant que vous le demandiez, mes parents biologiques sont morts, et ce depuis très longtemps.

Je réfléchis une minute à cette information. Je voulais des détails mais je sentais que le sujet était sensible et décidai de le remettre à plus tard. Je pourrai creuser de mon côté.

— Vous avez un petit ami ?

Le fait qu'elle vive seule ne voulait pas dire qu'elle ne voyait personne.

Sa bouche, si appétissante, se serra mais je distinguai une lueur d'angoisse et de fureur dans son regard. Une lueur qui découlait directement d'une méchante trahison.

— Non. Je n'ai pas de petit ami. Si tel était le cas, je n'aurais pas…

Elle s'interrompit brusquement.

— Quoi donc ? Des sex-toys ?

Je haussai les épaules.

— Ils peuvent être le signe d'un gros appétit sexuel, et non d'une absence de vie sexuelle, ajoutai-je. Même si j'ai l'impression que vous n'êtes pas du genre à enrouler vos jambes autour de la taille d'un homme en vous frottant contre lui voluptueusement si vous sortez déjà avec un autre.

— Seigneur, vous êtes incroyable, marmonna-t-elle.

— J'ai mon franc-parler, ce n'est pas la même chose, ma chérie.

Les signaux ambigus étaient source de complications. Après Kirsten, je ne voulais plus prendre de risque.

— À quand remonte votre dernière relation, informelle ou autre ? insistai-je.

Il était évident que j'allais devoir lui tirer les vers du nez.

Elle baissa les yeux et joua avec la nappe.

— Elle remonte à huit mois.

— Vous êtes restés ensemble combien de temps ? Où vous êtes-vous rencontrés ? J'espère qu'il n'embrassait pas bien et qu'il était encore pire au lit.

Bon sang. Je devais mieux me contrôler.

— Six mois.

Ce n'était pas très long, mais assez pour ressentir une pointe de jalousie à l'idée que Lily ait pu appartenir à un autre homme.

L'arrivée du serveur me laissa quelques instants pour analyser cette jalousie. Je grimaçai de dégoût à l'idée de déroger ainsi à mes deuxième et troisième règles.

Je regardai Lily saisir un sushi entre ses baguettes et le plonger dans une sauce teriyaki. Je l'imitai et nous mangeâmes en silence quelques instants.

— Qui a mis un terme à la relation ? demandai-je enfin.

Elle se figea. Je ne pouvais m'empêcher de contempler sa bouche pulpeuse en m'imaginant glisser mon sexe entre ses lèvres.

Je levai les yeux. Lily me regardait fixement. Ses joues étaient roses, comme si elle lisait dans mes pensées.

— Répondez à ma question, Lily.

Elle posa ses baguettes, les traits de nouveau tendus.

— C'est moi. Et vous faites fausse route. Ce n'est pas Scott qui me harcèle.

— C'est à moi d'en juger…

— Non ! Je sais de quoi je parle, alors s'il vous plaît, restez-en là, siffla-t-elle.

— Pas tant que vous ne m'aurez pas dit pourquoi un garçon normalement constitué vous quitterait sans faire d'histoires ?

Elle baissa les yeux quelques instants, puis les leva de nouveau avant de me fixer d'un air provocateur.

— Tous les garçons avec lesquels je suis entrée en contact ne sont pas des harceleurs en puissance.

— Mais Scott n'était pas n'importe quel homme, pas vrai ? Pourquoi ne me racontez-vous pas tout, Lily ?

Elle garda le silence un long moment et j'attendis en rongeant mon frein.

— Parce que Scott n'était pas simplement un

garçon rencontré au cours d'une fête. Chance l'a payé pour sortir avec moi.

Une onde de choc me parcourut de la tête aux pieds.

— Comment ? Mais pourquoi ?

Elle déglutit et serra ses petits poings. Les merveilleuses prunelles émeraude qu'elle leva vers moi étaient beaucoup trop tourmentées.

— Parce qu'il voulait… Il veut me contrôler.

— Encore une fois, pourquoi ?

— Quelle importance ? glapit-elle. Il vous suffit de savoir que SDM et Chance ont besoin de cet algorithme. Il serait stupide de sa part de le mettre en danger en demandant à quelqu'un de me harceler. Vous devez me croire sur parole. Ce n'est pas Scott, d'accord ?

Je ne voulais pas dire à voix haute ce qui venait de me passer par la tête de peur de la contrarier encore plus ou d'avoir l'air d'un adolescent en rut, mais elle était si incroyablement belle lorsqu'elle était en colère que, l'espace d'une minute, je fus incapable de réfléchir de manière lucide.

Je la laissai inspirer profondément à plusieurs reprises pour se calmer.

— Vous prenez l'accent de Boston lorsque vous vous énervez, vous le saviez ? C'est très mignon.

Elle paraissait adorablement perplexe lorsqu'elle secoua la tête.

— Rien de tout cela n'est mignon, monsieur Steele.

— Je ne suis pas du tout d'accord avec vous.

Dites-moi, avez-vous aussi cet accent quand vous faites l'amour ?

Elle me foudroya du regard.

— Vous ne le saurez jamais.

Je ne pus m'en empêcher. Il fallait que je la touche de nouveau. Je tendis la main pour caresser sa lèvre avec mon doigt. Elle était si douce. Si ferme. Aussi lisse que du satin.

— Vous en êtes sûre, Lily ?

Elle prit une brusque inspiration et ses prunelles s'assombrirent.

— Pouvons-nous ne pas transformer chaque conversation en joute verbale autour du sexe ? C'est vraiment épuisant.

Je battis en retraite malgré moi.

— Avez-vous rencontré quelqu'un d'autre depuis Scott ?

Elle prit de nouveau ses baguettes.

— Oui, brièvement. Rien de sérieux.

— Comment s'appelait-il et combien de temps êtes-vous restée avec lui ?

Elle soupira.

— Il s'appelle Mark Callen. Nous nous sommes fréquentés pendant deux mois. Il m'a offert un café au bistrot où je prends mon petit déjeuner. Je... voulais m'assurer que Chance n'interférait plus dans ma vie.

Je grinçai les dents.

— Était-ce le cas ?

Elle secoua la tête et je me détendis un peu.

— Vous avez couché avec lui ?

Elle me transperça du regard mais j'insistai.

— Non, dit-elle enfin.

Soulagé, je la regardai prendre une gorgée de soda et contemplai le mouvement de sa gorge en me demandant pourquoi diable je la trouvais si sexy.

Tout en elle était beau et séduisant.

Certes, la façon dont elle avait fouillé dans ma vie ne m'attirait pas du tout.

Mais ce qu'avait fait Chance me contrariait encore plus. J'enquêterais sur lui plus tard, décidai-je.

Quant à Lily, je voulais tout savoir sur elle. Lily Gracen me fascinait comme aucune autre femme ne l'avait jamais fait.

— Vous êtes donc sortie avec lui pendant deux mois, mais vous n'avez pas couché avec lui. Qu'avez-vous fait alors ? Vous vous êtes contentés de vous donner la main en lisant des poèmes à la lueur d'une bougie ?

— Et si c'était le cas ? riposta-t-elle du tac au tac.

— Alors, je vous dirais que vous avez bien fait de plaquer cet eunuque. Vous méritez mieux que cela.

— Vous êtes un vrai homme de Néandertal, pas vrai ? lança-t-elle avant de repousser son assiette.

Manifestement, le repas était terminé.

— Non, je suis un homme avec des besoins fondamentaux. Si je devais souffrir d'une infirmité, j'espère que je pourrais encore faire l'amour. Sinon, à quoi bon vivre ?

— Si je comprends bien, pour vous le sexe est

une garantie dans une relation ? Sinon, vous ne continuez pas ?

Je contemplai ses cheveux blond platine et son collier ras-de-cou qui m'attiraient comme le chant d'une sirène. La demi-érection qui prenait vie dès que Lily respirait près de moi tendait mon pantalon.

— J'aime le sexe. C'est la seule bonne chose que le Seigneur a accordée à l'humanité. Je n'éprouve pas la moindre culpabilité à aimer faire l'amour. Donc oui, le sexe est une priorité pour moi.

Je vis le rouge envahir les joues de Lily et elle me décocha le sourire le plus éprouvant de ma vie.

— Sauf quand il s'agit de vos clients, n'est-ce pas, monsieur Steele ?

Bon sang. Elle me mettait beaucoup trop à l'épreuve. Je réduisis l'espace qui nous séparait et enfonçai fermement les doigts dans ses cheveux. Elle me lança un regard noir mais ne chercha pas à reculer.

— Je commence à croire que vous aimez me provoquer en refusant de m'appeler par mon prénom, dis-je dans un souffle.

— Je n'ai pas le moindre problème à utiliser votre prénom.

Je l'attirai plus près de moi.

— Alors faites-le.

Elle me regarda droit dans les yeux et je vis le bout rose de sa langue pointer entre ses lèvres.

— Caleb.

Je renversai son visage en arrière et elle n'eut

pas d'autre choix que de m'offrir son beau visage ainsi que ses lèvres pulpeuses.

— Encore, murmurai-je.

Son regard se durcit encore plus et elle écarta les lèvres.

— Caleb.

Elle prononça mon prénom dans un murmure délibérément provocateur. Je le savais. Mais il me coupa le souffle.

— Bon sang.

Je penchai la tête vers elle en grognant et m'arrêtai à un soupir de ses lèvres.

— Embrassez-moi, Lily.

— Pourquoi ? souffla-t-elle avec défi tout en dévorant ma bouche des yeux.

— Parce que vous en mourez d'envie. Prenez ce que vous voulez, bébé.

Son gémissement haché était une douce musique à mes oreilles mais une torture pour mon sexe. Je la lâchai, lui cédant les pleins pouvoirs, et faillis rugir de triomphe lorsqu'elle se jeta sur moi.

Son baiser était deux fois plus enivrant, deux fois plus décadent que le premier.

Elle commença par émettre un petit bruit sensuel lorsque j'effleurai ses lèvres de mes dents. Un bruit au croisement entre le gémissement et le soupir qui résonna jusqu'au creux de mes reins, s'enroula autour de mon sexe et éveilla tous mes sens. Et je ne l'avais même pas encore embrassée pleinement. Je la mordillai de nouveau et résistai à l'envie de satisfaire mon désir, approfondissant mon baiser.

Un baiser fort prometteur. Mais pour l'heure, j'étais plus qu'heureux de me contenter de goûter ses lèvres pulpeuses. Encore et encore. D'entendre ces petits bruits se muer en gémissements, de sentir son corps se raidir à son tour, à mesure que le désir s'emparait d'elle.

Je sentis ses mains plonger sous ma veste et s'agripper à mon T-shirt avant de se glisser dessous.

À cet instant précis, j'oubliai que nous étions dans un lieu public.

Je soufflai longuement tandis que ses ongles pointus s'enfonçaient dans ma peau. Je réprimai un grognement et résistai au désir de la dévorer. Je me souvins qu'en plus de ses soucis, elle n'avait pas fait l'amour depuis très longtemps. Si je ne lui montrai qu'une fraction du violent désir que je ressentais, elle risquait de prendre peur et battre en retraite. Je ne pouvais pas permettre que cela se produise.

Pourtant, elle était si délicieuse. La manière dont ses lèvres s'accrochaient aux miennes me rendait fou.

— Bon sang, Lily, vos lèvres sont si douces.

Je ne pus m'empêcher de prononcer ces paroles lorsque nous nous écartâmes pour reprendre notre souffle.

Elle se raidit. J'aspirai ses lèvres entre les miennes avant de caresser sa peau soyeuse du bout de la langue. Un soupir suivi d'un gémissement récompensa mes efforts.

Je décidai de m'arrêter une minute plus tard.

Nous n'avions pas terminé notre conversation mais nous devions nous refréner avant d'être expulsés du restaurant pour atteinte à la pudeur.

Je ne pouvais plus supporter autant de tension. Pas sans renoncer à mes règles. Je me voyais déjà renversant Lily sur le siège de l'alcôve et l'honorant de toutes les promesses et de tous les fantasmes que j'avais nourris depuis qu'elle était entrée dans ma vie.

Mais je pouvais l'attirer plus près de moi. Je pouvais glisser une main dans son dos, caresser son magnifique postérieur et m'assurer de nouveau que sa peau était aussi ferme et souple que je l'avais imaginée.

J'allais m'arrêter. Aussitôt que j'aurais été gratifié d'un autre gémissement exceptionnellement indécent.

8

Lily

Bon sang.

Que m'arrivait-il ? Pourquoi suffisait-il à Caleb de lever le petit doigt pour que je perde la raison et que je me jette sur lui ?

Et tous ces bruits qui sortaient de ma gorge ! Oui, il fallait vraiment que j'arrête de gémir comme ça. Pourtant, une minute plus tôt, il m'avait laissée prendre les rênes au cours de notre petit interlude langoureux.

Puis quelque chose avait changé.

À présent, la façon dont il se servait de sa bouche, de sa langue, de ses dents… Les rares fois où je l'avais laissé m'embrasser, Mark cognait toujours ses dents contre les miennes, ce qui était source de sensations très désagréables, comme lorsque mon maître faisait crisser sa craie sur le tableau.

Caleb savait s'en servir, lui. Il mordillait délicatement le coin de ma bouche et j'en ressentais les effets jusqu'au creux de mon ventre. Il mordillait même le bout de ma langue que je n'aurais jamais crue aussi sensible.

Lors de nos précédentes rencontres, j'avais eu le sentiment d'être reliée à un courant électrique. Cela devait faire le même effet de sauter d'un hélicoptère au-dessus d'un volcan en éruption après avoir reçu une injection d'adrénaline pure.

Trois nigauds du service de recherche en quête de sensations fortes m'avaient avoué l'avoir déjà fait. Je les prenais pour des fous, mais si ce qu'ils avaient expérimenté avoisinait ce que je ressentais à cet instant alors oui, je comprenais leurs motivations.

Caleb glissa sa langue entre mes dents, suscitant aussitôt des désirs plus interdits. Je rêvais de la sentir sur tout mon corps, et surtout entre mes cuisses.

Je sentis de nouveau sa main masser mes fesses d'un geste très sensuel.

Elle s'égara plus bas, puis Caleb m'attira vers lui et bientôt, je fus assise sur ses genoux. Sa puissante érection entra en contact avec ma cuisse et me sembla encore plus forte que ce matin dans l'ascenseur.

J'imaginai toute cette puissance et cette masse en moi et je paniquai un peu. Ou plutôt, beaucoup.

Jusqu'à ce que je me souvienne que c'était moi qui détenais le pouvoir. Je pouvais arrêter à tout instant, simplement en m'écartant.

Oui, il fallait que je m'éloigne !

Je laissai glisser ma main le long de son torse

musclé vers sa taille, tout droit vers la boucle métallique de sa ceinture. Un peu plus et je pourrais de nouveau toucher son sexe. Je gémis en ressentant une violente envie de le faire.

Puis j'entendis un léger bruit de couverts.

Nous étions dans un restaurant. Certes, nous étions dans une alcôve à l'écart mais nous nous trouvions dans un lieu public. Et pour la troisième fois depuis mon réveil, j'étais en train d'embrasser l'homme que j'avais embauché pour me débarrasser de mon harceleur.

Oh ! Seigneur.

Peut-être la bouffée d'adrénaline que j'imaginais était-elle plutôt une bonne dose d'hormones, car les sensations qui déferlaient sur moi ne m'invitaient qu'à une seule chose : accueillir le sexe de Caleb en moi.

Je m'écartai vivement de ce corps brûlant et de cette érection qui pulsait contre ma cuisse. Les mains de Caleb étaient encore enfouies dans mes cheveux et m'emprisonnaient tandis qu'il me fixait avec ses yeux de braise, chargés d'autant de promesses sulfureuses que ses lèvres.

— Lily, dit-il d'une voix rauque.

Il s'éclaircit la gorge et déglutit.

Ces précieuses secondes me permirent de mettre plus d'espace entre nous. Je saisis ses poignets et éloignai ses mains de mes cheveux. Il les baissa, mais son regard resta planté dans le mien.

Je m'occupai les mains en m'emparant de mon verre de soda et priai pour ne pas m'étouffer en buvant une gorgée. Heureusement, le liquide frais glissa dans ma gorge et m'aida à retrouver mes esprits.

— Vous croyez que cette petite démonstration peut nous être d'une quelconque utilité ?

Il plissa les yeux.

— Que voulez-vous dire ?

Il s'agita sur son siège et posa une main sur son genou. Je m'efforçai de détourner les yeux lorsqu'il ajusta son pantalon.

— Mon harceleur. Si jamais il nous observe. Croyez-vous que cela puisse être utile ou est-ce juste une perte de temps ?

Je lissai mes cheveux du plat de la main. De délicieux frissons picotaient encore mon crâne après les caresses de Caleb. Faisait-il aussi ce geste quand il faisait l'amour ? Je serrai les cuisses avec force en me l'imaginant.

Il soupira brièvement.

— Ce n'est pas la raison pour laquelle vous m'avez embrassé et vous le savez parfaitement.

— Vraiment ?

Je préférais le provoquer car je me sentais terriblement contrariée. Le fait de me contrôler, puis de perdre toute maîtrise des événements quand j'étais avec lui, me rendait folle.

Son regard s'adoucit.

— Inutile de paniquer, Lily. Je ne vais pas m'en servir contre vous, si c'est ce que vous craignez.

Ma respiration se fit irrégulière à mesure que la peur s'emparait de moi.

— Arrêtez de parler comme si vous me connaissiez. Ce n'est pas le cas !

— Je sais que le contrôle est quelque chose de très important pour vous. C'est à cause de ce que votre chef, ce salaud, vous a fait ? Si j'étais à votre place, cela me rendrait méfiant, moi aussi.

— Dites-moi pourquoi vous êtes tellement attaché à vos règles ? Est-ce à cause de ce qu'une cliente vous a fait ? demandai-je d'une voix cinglante, terrifiée de constater à quel point il me cernait bien.

Je vis les muscles de sa mâchoire tressaillir.

— Nous ne sommes pas en train de parler de moi.

Je me forçai à rire.

— Cela en dit long. De qui s'agissait-il ? insistai-je.

Les traits de son visage se tendirent d'un coup.

— Personne qui puisse vous intéresser, rétorqua-t-il.

Bizarrement, l'idée qu'une personne ait pu l'affecter au point de l'obliger à se tenir constamment sur ses gardes me troubla. Presque autant que sa capacité à lire en moi.

— Très bien. Nous pouvons partir maintenant ? demandai-je.

La tension que trahissait ma voix me fit grimacer. Il prit une lente et longue inspiration, puis sortit son portefeuille.

— J'ai un compte dans ce restaurant, précisai-je. Ils mettront notre repas sur ma note.

L'air contrarié, il déposa quelques billets sur la table.

— Je vous ai emmenée déjeuner. C'est moi qui paye.

Dehors, le soleil radieux qui brillait me rappela qu'il faisait encore jour. J'avais encore de nombreuses heures de travail devant moi.

J'étais presque arrivée au SUV lorsque je vis Caleb balayer la rue d'un œil vigilant. Je savais qu'il avait posté des hommes à l'extérieur, mais le fait de le voir agir en protecteur malgré notre échange tumultueux éveilla quelque chose que je n'avais pas ressenti depuis très longtemps.

Un sentiment de chaleur.

Je n'avais qu'un vague souvenir de cette sensation qui remontait à l'époque où la petite fille de sept ans que j'étais, blottie dans les bras de sa mère, ne pouvait pas savoir que son amour pouvait ne pas durer, comme tout le reste.

J'étais vraiment en train de m'égarer.

Je claquai la portière en secouant la tête.

Comme à l'aller, personne ne parla sur le chemin de retour chez SDM mais je savais qu'il fallait que je dise quelque chose lorsque Caleb gara la voiture sur ma place de parking.

Je défis ma ceinture de sécurité, lui fit face et ouvrit la bouche. Il m'attira vers lui, par-dessus la console centrale.

— Je sais que c'est de la folie et que nous allons sans doute le regretter tous les deux, mais bon sang, j'ai besoin de vous embrasser encore, dit-il en haletant contre ma bouche.

Avant que je puisse reprendre mon souffle, il glissa sa langue entre mes lèvres. Son baiser était humide, insistant et charnel. C'était la plus sulfureuse promesse qu'un homme m'ait donnée. Au-delà de tous les propos déplacés qu'il m'avait lancés depuis que nous nous étions rencontrés, ce furent les caresses sensuelles et débridées de sa langue sur la mienne qui m'achevèrent. Je posai de nouveau les mains sur sa taille et m'arc-boutai pour me frotter contre son torse.

Il m'enlaça d'une main et me souleva pour m'asseoir sur ses genoux. D'un seul coup, je sentis la brûlure de son sexe contre mes fesses, comme l'annonce de sa virilité insistante. Je gémis, rouge de honte de voir avec quelle facilité je m'abandonnais à son baiser, craignant de me laisser submerger par son pouvoir sensuel.

Lentement, cette peur s'empara insidieusement de mon esprit et me rappela que ce baiser ne faisait pas partie de mon équation. J'étais sur le point de retrouver ma liberté pour la première fois de ma vie. Je ne pouvais pas devenir esclave de mes hormones et de mes émotions.

Je repoussai Caleb avant que la main qui pétrissait ma taille ne vienne se poser sur mon sein.

— Arrêtez ! m'écriai-je.

Il se figea immédiatement.

— Lâchez-moi, dis-je en reprenant mon souffle.

Il me fixa longuement. Son torse montait et

descendait au rythme de son souffle haletant. Puis il écarta ses mains.

Je bondis sur mon siège en m'efforçant de reprendre mes esprits.

— Bon sang, jura-t-il entre ses dents.

Il bascula la tête sur le repose-tête et ferma les yeux. Après une dizaine de secondes tendues, il les rouvrit.

— Je suis…

Il s'interrompit et grinça les dents.

— Je suppose que vous voulez que je m'excuse ? demanda-t-il.

Sans attendre ma réponse, il poursuivit :

— Cela n'arrivera pas car je ne suis pas désolé. Je vous trouve irrésistible avec votre joli petit corps et vos lèvres rouges et pulpeuses, grommela-t-il.

Prise de vertiges, je sentis l'air se vider de mes poumons. La chaleur se répandit dans mes veines et incendia le creux de mon ventre. Chaque parcelle de mon corps rêvait de me voir sauter sur les genoux de Caleb et de continuer ce que nous avions commencé. J'enfonçai les ongles dans mes paumes jusqu'à ce que la douleur m'aide à retrouver mes esprits.

— Vous allez devoir résister, je le crains.

À ma grande surprise, il acquiesça.

— Compris.

Sa réponse me laissa bouche bée. Je détournai les yeux de son visage. Maintenant que j'avais fixé avec succès les limites, je ne savais plus quoi faire.

Il répondit en sortant de la voiture et en m'accompagnant jusqu'au bâtiment.

Une fois dans mon bureau, il retourna calmement s'asseoir sur le canapé. Je passai l'heure qui suivit à réécrire le même bout de code.

Vers 18 heures, je décidai que la journée était terminée. Caleb nous conduisit à la maison après s'être arrêté pour acheter de la nourriture à emporter.

Au cours du dîner, il me posa plusieurs questions liées à mon travail, enquêtant sur mes habitudes et sur celles de mon équipe. Toute trace de la fièvre qui nous avait emportés au restaurant et sur le parking avait disparu de ses traits, tandis qu'il prenait des notes sur son ordinateur.

Juste avant 21 heures, il s'adossa à son siège, les yeux sur son écran.

— C'est assez pour aujourd'hui. Je vais voir ce que je peux faire de toutes ces informations.

Il s'était exprimé sur un ton impersonnel. Il débarrassa les assiettes et les emballages vides. Il m'aida à ranger la cuisine et à remplir le lave-vaisselle tout en maintenant entre nous une distance glaciale qui me contraria.

Mais je l'avais voulu. Garder une distance professionnelle était une bonne chose.

Lorsque nous eûmes terminé, je me tournai pour quitter la pièce.

— Rappelez-vous, vous devez me prévenir si jamais vous sortez, me dit-il.

Mes traits étaient si tendus que je n'essayai même pas de lui sourire.

— Je n'ai pas oublié.

Il me fixa quelques instants, puis hocha la tête.

Une fois dans ma chambre, je m'efforçai de me remettre au travail pendant au moins une heure avant de capituler. Je sentis monter en moi une bouffée de colère. Je me blottis dans un fauteuil et regardai par la fenêtre.

Caleb croyait certainement ne faire que son travail, mais ses questions avaient ravivé des souvenirs que je voulais garder enfouis.

Boston. Ma mère.

Tandis que j'arpentais la pièce de la fenêtre au mur et vice versa, la frustration menaça de me gagner. Finalement, mon agitation me conduisit dans la salle de cinéma où je m'installai sans conviction pour regarder une comédie romantique récente.

Je me réveillai en sursaut face à un écran vide, le cou endolori. Une fois sortie de ma torpeur, je remarquai que j'étais sous une couverture. Pendant mon sommeil, j'avais fait tomber des coussins qui n'étaient pas là à mon arrivée.

Mon cœur se serra en sentant de nouveau cette chaleur m'envahir et me remplir de réconfort. Je la chassai, me levai et partis d'un pas chancelant me coucher dans mon lit.

Comme toutes les personnes présentes dans ma vie, Caleb Steele était un homme de passage que je payais pour être là.

Rien de plus.

*
* *

La journée de dimanche ressembla à celle de samedi, à l'exception de ces interludes qui m'avaient fait fondre de bonheur, des questions embarrassantes de Caleb sur ma vie sexuelle et de ses plaisanteries tendancieuses.

Cela donna le ton des trois jours qui suivirent.

Le mardi, nous retournâmes au restaurant japonais et nous nous hâtâmes de prendre notre repas dans un silence gêné.

Sur le chemin du retour chez SDM, lorsque Caleb se faufila dans le trafic fluide, je le regardai à la dérobée et songeai à cette information qu'il m'avait livrée sans le vouloir le samedi et qui revenait me hanter comme une rage de dents lancinante.

Qui était cette cliente à l'origine des règles qu'il s'était fixées ? Était-elle encore en vie ?

Il s'arrêta à un feu rouge et me transperça de ses prunelles azur.

— Vous pensez à quelque chose ? demanda-t-il d'une voix glaciale.

Ce ton associé à l'absence de toute lueur moqueuse dans le regard m'agaça plus que je l'imaginais. Depuis l'épisode du parking, j'avais l'impression d'avoir une autre personne près de moi.

Je me rappelai alors que je ne le connaissais que depuis quelques jours.

Cette première soirée et la journée qui avait suivi avaient été… hors norme. Intenses. Nous

nous étions tous les deux battus pour avoir le contrôle. Nous étions arrivés à un accord, et maintenant Caleb était concentré sur la mission qu'il était venu accomplir.

J'avais devant moi le vrai Caleb Steele. Fin de l'histoire.

Cette étrange sensation nichée au creux de mon ventre était donc déplacée…

Je tournai la tête pour échapper à son regard perçant.

— Non. Rien du tout.

Il démarra et m'ignora aussi froidement qu'il l'avait fait ces derniers jours.

Malheureusement, j'avais beaucoup de mal à ignorer de mon côté cette sensation qui ne me quittait pas. Admettre que je voulais de nouveau sentir ce baiser et son regard torride sur moi était… difficile.

Je regardai par la fenêtre et fronçai les yeux en croisant mon reflet. Je me vis me mordre nerveusement les lèvres. J'avais mieux à faire que me torturer sur la version de Caleb que je préférais. De plus, que pouvais-je faire ? Me glisser sur ses genoux, passer mes doigts dans ses cheveux et l'embrasser comme je rêvais de le faire ce samedi, avant de reprendre mes esprits ?

Le trouble qui faisait frémir mon ventre me donna la réponse.

J'évitai de croiser le regard de Caleb pour le reste de la journée.

L'agitation et l'excitation qui régnaient à mon

étage furent une bonne excuse pour ne pas chercher de réponse à mes questions.

— Que se passe-t-il ? demanda Caleb en entrant dans mon bureau.

— Nous allons présenter deux mises à jour intermédiaires de produits SDM au conseil d'administration demain. C'est toujours comme ça la veille, tout le monde est un peu énervé.

Il me regarda en plissant légèrement les yeux.

— Cela ne concerne pas ce sur quoi vous travaillez, n'est-ce pas ?

— Non. Mais cela reste confidentiel. En revanche, je vais également faire de mon côté une présentation de mon algorithme à trois membres du conseil d'administration, demain.

— Lesquels ?

— Chance et deux collègues à lui, dis-je d'une voix tendue.

Caleb s'en rendit compte.

— Il va venir ici ? grinça-t-il.

Je déglutis en sentant les vibrations qui se dégageaient de lui.

— Oui.

Il m'observa prudemment pendant quelques secondes.

— D'accord. Je vais avoir besoin que vous me donniez le nom de ces collègues.

Je m'exécutai, incapable de réprimer le frisson qui hérissait les poils de ma nuque.

— Pourquoi cela ?

Il braqua son regard sur moi.

— Jusqu'à ce que j'attrape ce salaud, tous ceux qui vous approchent sont suspects. Ne sous-estimez personne, Lily. Et si vous le pouvez, ne faites confiance à personne. De cette façon, vous vous épargnerez les mauvaises surprises.

Il pivota mais je perçus dans ses prunelles un éclair de douleur.

Accablée par les émotions déconcertantes qui m'animaient, je restai figée plusieurs secondes jusqu'à ce quelqu'un vienne frapper à ma porte. Lorsque j'eus terminé de traiter la requête du membre de mon équipe, Caleb était occupé à pianoter sur son téléphone.

Nous travaillâmes tard, puis nous nous dirigeâmes vers le septième étage où nous attendait dans la salle à manger un buffet dressé par le personnel chargé de la restauration.

Caleb resta près de moi mais ne chercha pas à engager la conversation. Je m'efforçai de ne pas regarder dans sa direction, mais cela s'avéra impossible. Surtout lorsque Miranda vint se glisser sur la chaise à côté de lui et qu'il lui décocha l'un de ces sourires que je n'avais plus vu fleurir sur ses lèvres depuis une semaine.

Je me détournai de ce spectacle, terminai le poulet au parmesan dont je n'avais pas vraiment envie, tout en essayant de rassurer les deux novices assis à côté de moi sur le fait qu'ils n'allaient pas rater leur présentation demain.

Sans savoir pourquoi, au milieu de la conversation, je tournai la tête vers Caleb. Ses yeux étaient braqués sur moi et les muscles de sa mâchoire tressaillirent tandis qu'il serrait les dents.

Soudain, il se leva et se dirigea vers moi.

— Avez-vous terminé de manger ? demanda-t-il en lorgnant avec insistance sur mon assiette.

— Oui.

— Vous êtes prête à partir ? demanda-t-il en décochant un regard froid à l'un des novices, qui se ratatina face à la montagne de glace qui le foudroyait des yeux.

Je brûlai de reprendre Caleb sur sa grossièreté, mais la journée avait été longue et fatigante. J'avais vraiment envie de partir. Et cela n'avait strictement rien à voir avec le fait de vouloir éloigner Caleb de Miranda, qui mangeait littéralement Caleb du regard sans même s'en cacher.

Je ravalai mon irritation.

— Ne reste pas trop longtemps, Miranda, lui dis-je. J'ai besoin que tu sois là à 7 heures demain.

Elle tourna les yeux vers moi, et je jurai y voir briller une lueur mauvaise. Une seconde plus tard, elle avait disparu.

— Bien sûr, chef. Je m'assurerai que tout est prêt.

Caleb saisit d'une main impatiente le dossier de ma chaise et je me levai.

Peut-être était-ce à cause des ondes négatives qu'il dégageait lorsque nous quittâmes le bâtiment, mais personne ne vint me parler. Je réglai quelques derniers détails sur ma tablette pendant le trajet jusqu'à ma maison. Je ne pus retenir alors à la bouffée de colère qui n'avait fait que croître depuis le dîner.

— J'ai besoin que vous me rendiez un service, dis-je brusquement après m'être éclairci la voix.

Il fit une pause, la main sur la poignée de la porte, et me lança un regard interrogateur.

— Normalement, on me le demande sur un ton plus… amical.

Je posai les yeux sur son torse pour éviter la froideur de ce nouveau Caleb ainsi que son expression indifférente.

— Demain est une journée importante pour moi. J'ai besoin que vous soyez…

Je fis une pause, contrariée d'être obligée de prononcer ces mots.

— Pourriez-vous terminer votre phrase ?

En entendant son ton légèrement moqueur, j'oubliai que je ne devais pas lever la tête. Son regard n'avait rien d'indifférent. Il était neutre. Suffisamment pour que je sente ma poitrine se serrer.

Au diable mes émotions.

— Cessez de flirter avec mon assistante, dis-je avec vigueur.

Il s'adossa à son siège et me regarda d'un air inquisiteur.

— Pourquoi cela ?

— Je vous demande pardon ?

— Pourquoi vous souciez-vous des personnes avec lesquelles je flirte ? railla-t-il.

— Vous êtes censé être un professionnel. Ai-je besoin de vous le rappeler ?

Il haussa les épaules, l'air indifférent.

— Très bien, poursuivis-je. Vos attentions… n'ont pas impacté le travail de Miranda. Pas encore. Mais…

— Vous craignez qu'elle cherche à coucher avec moi et vous avez un problème avec ça ?

Il s'était exprimé avec plus de vivacité que ce à quoi il m'avait habituée.

Je sentis mon sang bouillonner et un courant électrique parcourut ma poitrine et se fixa entre mes cuisses.

— Je n'ai un problème que lorsque votre attitude impacte mon travail. Miranda a besoin d'être au meilleur de sa forme demain. Alors oui, je vous serais reconnaissante si vous cessiez de vous adresser à elle avec votre voix grave et charmeuse en lui offrant tous vos plus beaux sourires.

Le fameux sourire que je venais de dénigrer illumina alors son visage. Un sourire doux et carnassier. Si éblouissant que je ne pus détourner le regard. Incapable de respirer. Ne pouvant rien faire d'autre que l'absorber. M'en délecter.

Je restai muette devant ce sourire qui ne faisait qu'exacerber mon côté possessif lorsque Caleb l'offrait à une autre femme. Et à ce moment précis, je dus bien reconnaître que j'étais éperdument attirée par lui et j'eus envie de mourir.

Surtout en comprenant que le fait qu'il m'en

fasse cadeau à moi m'emplissait bêtement de fierté.

— Eh bien, Lily, si je ne vous connaissais pas mieux, je dirais que vous êtes jalouse.

9

Caleb

Je la regardai foncer vers la porte, le dos raide.

Mon sourire se voila lorsque mon regard parcourut à la dérobée son corps, avidement, comme j'y avais été réduit au cours de cette dernière semaine. Une partie de moi-même restait contrariée que Lily ait mis un terme à ce qui me semblait être une formidable acceptation du feu vert que je lui avais donné.

Bon sang, même pour moi, trois échanges passionnés de baisers en vingt-quatre heures étaient un record. La première fois, au restaurant, j'avoue que ce n'était pour moi qu'un simple exercice pour la remettre à sa place, mais qui avait rapidement dégénéré en quelque chose de légèrement plus renversant.

Bon, j'avoue que rien de ce qui s'était passé entre nous ne pouvait être qualifié de léger. Si l'un de nous n'avait pas repris ses esprits, je l'aurais purement et simplement renversée en plein jour sur le siège de mon SUV.

Mais je devais bien reconnaître que m'en tenir cette semaine aux règles que je m'étais moi-même fixées était ce qui m'avait fait le plus souffrir. J'avais passé plusieurs nuits blanches à me remémorer le goût des lèvres de Lily, et à apaiser la tempête qui ravageait mes sens et que je peinais encore à dompter.

Je regardai Lily composer le code pour désactiver l'alarme et ne pus m'empêcher de me réjouir de ma récente découverte.

— Je ne suis pas jalouse, nia-t-elle vigoureusement, comme si elle lisait dans mes pensées.

Je fermai la porte d'entrée et la verrouillai.

— Vraiment ? Pourtant, vous vous comportez comme telle.

Elle serra la sacoche qu'elle transportait partout dès qu'elle sortait de chez elle.

— Je me doutais que vous tireriez cette conclusion.

Je m'avançai d'un pas nonchalant vers elle.

— Je me suis demandé pourquoi vous aviez précisé à Miranda d'arriver à l'heure demain matin alors qu'elle n'est jamais en retard.

— Et comment le savez-vous ? demanda-t-elle d'un air vexé.

Je lui décochai un petit sourire, vis ses yeux se poser sur ma bouche, puis s'en détourner. La douce brûlure au creux de mes reins s'accentua. Le mur que j'avais volontairement érigé entre nous pour aider Lily à satisfaire son souhait de se tenir à distance commença à se fissurer. Je fus tenté de le démolir à coups de pied mais au fond de moi, je savais que Lily avait raison de vouloir maintenir des relations professionnelles avec moi.

En outre, je n'étais pas certain de désirer tester ma capacité à me contrôler. Lily était une femme sensationnelle et je n'avais eu qu'un minuscule aperçu de sa personnalité.

— Je sais comment obtenir les informations que je cherche, dis-je pour répondre à sa question.

Elle m'observa d'un air méfiant.

— Est-ce ce que vous faisiez ce soir ? Obtenir des informations ?

— Parfois, on attire mieux les mouches avec du miel qu'avec du vinaigre, dis-je.

Elle acquiesça puis se tourna vers l'escalier.

— Vous allez vous coucher ? lançai-je.

Elle croisa brièvement mon regard avant de tourner la tête. Le pouls au creux de son cou s'était accéléré. Elle posa sa sacoche et passa la main dans ses cheveux. Je remarquai qu'elle avait peint ses ongles d'un vernis violet foncé qui paraissait presque noir. La façon dont ils se détachaient de ses cheveux platine m'échauffa encore plus.

— Non. J'envisageai d'aller nager. J'ai besoin d'un peu d'exercice pour… me détendre.

J'imaginai une douzaine de positions pour l'aider à se détendre. Et ce n'était qu'un début. Je tâchai de tempérer ma libido.

— Vous êtes inquiète pour demain ? demandai-je.

Elle savait que je parlais de Chance et se raidit

quelques instants, puis elle évita délibérément le sujet.

— Je ne devrais pas. Le programme fonctionne parfaitement. Mais…

Elle haussa les épaules.

J'avais fait quelques recherches sur Chance Donovan et m'étais fait ma petite idée sur le salaud qui dirigeait SDM. Mais je ne voulais pas augmenter le stress de Lily.

Aussi, même si l'idée de la voir dans un maillot de bain sexy et à portée de main n'était pas très bonne, je désignai l'escalier de la tête.

— Allez vous changer. Je vous rejoins dans le salon.

— Merci, dit-elle, visiblement soulagée que je n'insiste pas.

Je restai en bas des marches, incapable de détourner le regard de ses fesses parfaites lorsqu'elle monta en courant à l'étage. Oui, j'avoue que j'avais un côté masochiste.

Ma punition fut encore plus grande lorsque je vis Lily entrer dans le salon. Ma main se figea sur la porte-fenêtre et je ravalai ma salive.

Elle portait un T-shirt noir transparent par-dessus un bikini couleur brique. L'ensemble était renversant. Deux choses me frappèrent à cet instant. Tout d'abord, le noir qu'elle affectionnait tant mettait délicieusement en valeur la blancheur de sa peau, mais le rouge était encore plus flatteur, et attirait l'attention sur la perfection de son corps menu.

Ensuite, le mur que j'avais érigé pour contenir ma folle attirance et pour respecter mes règles strictes n'avait plus aucune chance de tenir debout.

— Tout va bien ? demanda-t-elle en écarquillant les yeux et en détaillant le pantalon de sport et le T-shirt que j'avais passés.

Non, pas du tout.

— Oui, bien sûr.

Je lui tins la porte.

Elle passa devant moi et je sentis son parfum léger et sensuel traîner derrière elle, un parfum qui me donnait envie d'enfouir mon visage dans son cou. De dos, elle était aussi spectaculaire que de face. Son minuscule bas de bikini contenait à peine ses fesses fermes.

Mon sang afflua dans mes reins, désertant ma tête. Je ne pensais plus à rien d'autre qu'à la façon dont je pourrais prendre possession de son corps.

— Vous avez besoin de combien de temps ? dis-je d'une voix rauque en m'affalant sur un transat et en remontant mon pantalon de sport pour cacher la superbe érection qui le tendait.

Elle s'arrêta au bord de la piscine et regarda par-dessus son épaule. Les derniers rayons du soleil caressaient sa joue, ses bras, son ventre et ses cuisses.

— Je fais normalement une centaine de longueurs. Je pense nager quarante-cinq minutes, murmura-t-elle.

— D'accord, c'est parfait.

J'allais bientôt me mettre à baver comme un idiot.

Elle saisit le bas de son T-shirt et le passa par-dessus sa tête. Un grognement s'échappa de ma gorge quand elle plongea dans l'eau avec la fluidité d'une athlète.

Il me fallut attendre vingt bonnes longueurs pour me ressaisir. Lily choisit évidemment ce moment pour faire une pause à l'autre bout de la piscine. Elle lissa ses cheveux mouillés en arrière et tourna lentement la tête jusqu'à ce que ses yeux se posent sur moi. Ses lèvres étaient entrouvertes lorsqu'elle inspira pour reprendre son souffle.

Elle ne dit pas un mot. Et moi non plus. Pourtant, c'était comme si nous tenions un millier de conversations.

Plus tard, je compris qu'à ce moment précis, nous avions tous les deux accepté le fait que les choses étaient loin d'être terminées entre nous. Que les règles, les barrières et les paroles que nous nous étions dites pour tenter de stopper le rouleau compresseur sexuel qui fonçait vers nous, n'avaient aucune chance de tenir.

Lily s'agrippa au rebord de la piscine pendant une minute, sans que ses magnifiques prunelles émeraude ne lâchent mes yeux. Puis elle plongea sous l'eau.

Chaque cellule de mon corps brûlait de la rejoindre, au moins pour me calmer avant que mon cerveau explose sous l'effet de la pression. Mais je restai immobile et comptai les longueurs jusqu'à ce que Lily en ait parcouru quatre-vingt-dix-huit.

Je bondis, m'emparai d'une serviette sur la pile posée à côté du transat et attendis qu'elle sorte de la piscine.

Comme la dernière fois, de délicieuses gouttes d'eau étaient restées accrochées à sa peau. J'aurais voulu les lécher une à une pour me concentrer ensuite sur l'entrejambe de Lily.

Je me contentai de lui tendre la serviette. Elle croisa mon regard et le soutint en s'enveloppant dans le drap de bain.

— Merci, dit-elle simplement.

Mes yeux se posèrent alors sur une boucle de cheveux mouillés accrochée à sa joue. Incapable de me retenir, je la glissai derrière son oreille.

— Rentrons, dis-je sans me soucier de mon ton bourru.

Ni de mon sexe encore douloureusement tendu. Je la vis poser ses yeux sur mon pantalon avant de rougir et de tourner vivement la tête.

Elle me suivit à l'intérieur et s'attarda dans le salon pendant que je fermai les portes.

— Vous voulez boire un verre ?

J'en avais désespérément besoin si je ne voulais pas commettre un acte irréfléchi.

Elle se sécha les cheveux avec la serviette.

— Hum, je ne devrais pas boire, répondit-elle.

Je lui tendis son T-shirt.

— Mais vous n'avez pas dit non, dis-je en levant les mains. Je n'essaie pas de vous débaucher. Si vous voulez aller vous coucher, ne vous gênez pas pour moi.

L'air coincé dans mes poumons contredisait les paroles qui venaient de sortir de ma bouche. Je voulais qu'elle reste. Désespérément.

Elle posa la serviette sur la table basse et secoua la tête.

— Non. Je risque de rester couchée et de ruminer dans mon lit. Ou d'être tentée de bricoler un peu plus le code. C'est une mauvaise idée, dit-elle en riant.

C'était la première fois que je l'entendais rire. Le bruit léger et cristallin s'insinua dans mon corps et me donna envie de l'entendre encore.

— D'accord. Alors, que voulez-vous faire pour vous distraire ?

Elle détourna le regard, tritura son T-shirt avant de l'enfiler.

— D'habitude, je lis. Ou je regarde un film en bas…

Le choix était aisé.

— Je vote pour un film.

J'avais vu en bas un bar qui me tentait beaucoup.

— Je prendrai un verre, ajoutai-je en haussant les sourcils. Vous pourrez vous joindre à moi. Ou pas.

L'esquisse d'un sourire naquit sur ses lèvres.

— Je vais choisir le film.

— C'est votre salle de cinéma, c'est vous qui décidez, dis-je en haussant les épaules. Je ne viens que pour la boisson.

Son sourire s'élargit encore plus.

Nous descendîmes ensemble, le pas rythmé

par le léger frottement de ses pieds nus sur le parquet. Je me dirigeai aussitôt vers les étagères du bar sur lesquelles s'alignaient de coûteuses bouteilles d'alcool. Lily alla vers les confiseries et revint avec un grand bol rempli de bonbons de toutes sortes.

Elle glissa un Chamallow rose dans sa bouche puis me tendit le bol. J'optai pour un nounours en gélatine et le lui montrai.

— Ces choses-là finiront par vous pourrir les dents.

— Heureusement, j'ai un excellent dentiste.

Elle me lança un sourire charmeur, dévoilant ses dents d'une blancheur parfaite.

J'entrepris de me servir un bourbon.

— Vous êtes sûre que vous ne voulez rien ?

Elle étudia la rangée de bouteilles derrière moi.

— D'accord. Préparez-moi un martini avec un trait de citron, s'il vous plaît.

Je ris.

— Vous avez cédé beaucoup plus vite que je l'imaginais.

Elle prit un autre Chamallow avant de poser le bol sur le comptoir.

— Je ne le prépare jamais moi-même car je le rate toujours. Vous paraissez très à l'aise derrière ce bar, comme quelqu'un qui sait ce qu'il fait.

Nos regards se croisèrent, pour ne plus se quitter.

— C'est donc un test ?

Elle entrouvrit légèrement les lèvres.

— Peut-être.

— Et si je réussis ?

Elle baissa quelques instants les paupières avant de braquer ses superbes prunelles émeraude sur moi.

— Je vous laisserai choisir le film.

Je posai lentement mon verre de bourbon et me mordis la langue pour ne pas lui avouer la nature de la récompense que je désirais vraiment. Bon sang, à la manière dont son regard étincelait, elle le savait déjà. Mais savoir si elle était prête à passer à l'acte ce soir était une autre histoire.

Je réunis les ingrédients sous son œil inquisiteur, puis je fis glisser son verre sur le comptoir dans sa direction. Je levai mon verre de bourbon et attendis.

Elle goûta délicatement son cocktail puis fit glisser sa langue sur ses lèvres. Aussitôt, mon sexe réagit.

— Il est bon, lâcha-t-elle.

— Juste bon ? m'étonnai-je.

De nouveau, elle embrassa du regard ma mine étonnée et fit la grimace.

— J'avoue : il est parfait.

— Merci.

J'ouvris le congélateur, en sortis deux glaçons et les mis dans mon verre. Tout était bon pour apaiser le brasier qui faisait rage au creux de mes reins.

Lily saisit son bol de bonbons et son verre, descendit de son tabouret et se dirigea vers les deux grands fauteuils en cuir rouge, équipés de part et d'autre de porte-gobelets.

L'installation parfaite pour deux personnes.

Samedi soir, lorsqu'un autre de ces maudits cauchemars m'avait arraché à mon sommeil, j'étais descendu au sous-sol après avoir entendu le son d'un film, et j'avais découvert Lily. J'avais envisagé la réveiller, mais vu nos rapports tendus, j'avais décidé de ne rien en faire. Je l'avais confortablement installée et elle avait poussé un gémissement de tristesse qui m'avait déchiré.

À présent, j'allai la rejoindre, l'esprit assailli de mille questions. Les plus personnelles risquaient de nous ramener sur le ring. J'optai pour la moins risquée.

— J'ai éliminé la plupart des personnes sur votre liste, annonçai-je.

Y compris son ex. Une enquête discrète sur les activités de Scott Wyatt avait révélé qu'il était absent au cours des semaines qui avaient précédé le début du harcèlement. Il entretenait actuellement une relation à distance avec une autre femme de Seattle. Il avait de la chance de ne pas croiser mon chemin.

Une expression gênée traversa le visage de Lily.

— D'accord. Qui reste-t-il, alors ?

Je fis une pause. Ma réponse risquait d'affecter son comportement à l'égard des personnes encore présentes sur la liste.

— Je n'ai pas encore pu éliminer Nordic Razor. Est-il possible qu'il ait vu ce sur quoi vous travailliez lorsque vous étiez connectée ?

Elle ramena les jambes sous elle, bien calée

dans son fauteuil, puis elle but une gorgée de son martini avant de répondre.

— Non. J'ai l'habitude d'utiliser un autre ordinateur pour mes activités sociales.

Je posai mon verre dans le support.

— Que signifie la lettre « Q » ? demandai-je brusquement.

— Comment cela ?

— Votre pseudo, Cipher Q. Que veut-il dire ?

Elle joua quelques instants avec une mèche de cheveux mouillés.

— À votre avis ?

— Cela peut vouloir dire *Quantum*. Mais je pencherai plutôt pour *Queen*.

Elle pencha la tête en avant, et sa timidité associée à son innocence ne la rendirent que plus séduisante à mes yeux.

— C'est idiot, je sais. Et vaniteux. Mais…

— Vous aviez besoin de vous sentir puissante à un moment où vous ne contrôliez plus les choses.

Elle resta bouche bée plusieurs secondes.

— Je n'aime pas quand vous faites cela, murmura-t-elle.

— Quoi donc ? demandai-je d'une voix douce.

— Lire ainsi en moi.

— Je n'ai pas l'intention de vous blesser, Lily. Avec aucune des informations que vous m'avez données. Je vous le promets.

Elle finit par hocher doucement la tête.

Je profitai de l'occasion pour m'aventurer plus loin.

— Quel âge aviez-vous lorsque vous avez commencé vos activités de hacker ?

Elle parut un peu piégée par ma question, mais finit par me répondre.

— Treize ans.

— J'imagine que c'est votre beau-père qui vous rabaissait ?

Une ombre traversa son visage. Elle garda le silence un long moment avant d'acquiescer.

— Il m'a eue sur les bras quand ma mère est morte. Il me faisait sentir son mécontentement à chaque instant.

Je serrai les poings de rage.

— Vous a-t-il fait du mal ?

— Physiquement, non. Mais d'autres façons… Oui.

Je pris une gorgée de bourbon pour m'empêcher de cogner le mur derrière moi.

— Racontez-moi ce qu'il vous a fait.

Je vis ses narines frémir tandis qu'elle prenait une courte inspiration.

— Je n'ai pas toute la nuit devant moi.

— Dans ce cas, dites-moi exactement comment vous avez rencontré Chance.

— Je l'ai piraté quand j'avais quatorze ans. À l'époque, j'étais douée mais pas parfaite. Il a embauché un autre hacker pour me trouver et il s'est présenté chez moi avec la police. Il m'a laissé le choix : soit je travaillais pour lui, soit j'allais en prison.

— J'imagine que votre beau-père ne vous a pas défendue.

Elle lança un rire amer.

— Encore moins quand Chance a commencé à lui donner de l'argent.

Elle fit la grimace en m'entendant pousser un juron. Je tendis la main pour m'emparer de la sienne. Elle la contempla en souriant tristement avant de pousser un long soupir.

— Ils ont conclu un marché. Chance s'est engagé à verser à mon beau-père une pension mensuelle pour mon éducation et mon entretien, puis pour mes frais de scolarité à l'université, à condition qu'à la fin de mes études au MIT, je lui consacre tout mon temps pour développer quelque chose d'important.

— L'algorithme ? demandai-je en sentant ma gorge se serrer sous l'effet de la colère.

Elle acquiesça.

— À cette époque, l'idée avait déjà germé.

— Pourquoi n'êtes-vous pas partie à votre majorité ?

Elle pinça les lèvres et haussa les épaules.

— Je lui avais promis de ne pas le faire.

La simplicité de sa réponse en disait long sur la profondeur et la droiture de Lily Gracen. Je n'imaginais pas pouvoir la trouver encore plus séduisante, mais à cet instant, je me sentis encore plus attiré par sa personne.

— Et cette affaire avec Scott ? Comment avez-vous découvert le pot aux roses ?

Elle sourit d'un air désolé.

— J'ai piraté son téléphone et je l'ai confronté à mes découvertes.

— Comment Chance l'a-t-il pris ?

Je compris que je cherchais une autre bonne raison de ruer de coups ce type lorsque je ferais sa connaissance le lendemain.

— Il a prétendu qu'il voulait veiller sur moi. Je n'y ai pas cru et l'ai menacé de m'en aller. Il m'a promis que cela ne se reproduirait jamais.

Elle me livrait les informations difficilement, au compte-gouttes.

— Lily…

Elle secoua la tête.

— Ça suffit. Vous êtes en train de me mettre de mauvaise humeur.

Je pris sa joue dans ma main et caressai ses lèvres du bout du pouce jusqu'à ce qu'elle s'apaise.

— N'ayez pas peur de vous confier à moi. Je sais ce que vous ressentez.

Elle braqua sur moi ses grands yeux verts.

— Vraiment ?

Je perçus la douleur qui vibrait dans sa voix et m'en voulus. J'aurais pu lui répondre différemment, botter en touche d'un haussement d'épaules ou ne rien dire du tout. À la place, le dernier mot que je m'attendais à prononcer jaillit de ma gorge.

— Oui.

Elle attendit, puis souffla bruyamment.

— C'est tout ce que vous avez à me dire ?

La curiosité qui brillait dans son regard faisait battre mon cœur pour d'autres raisons.

— Oui. Je ne veux pas plomber l'ambiance, moi non plus.

Son souffle était fébrile. Tout comme sa main lorsqu'elle prit son verre pour en boire une longue gorgée. Elle me fixa durant plusieurs secondes puis elle se ressaisit et s'empara de la télécommande qu'elle braqua vers l'écran.

— Lumières d'ambiance, lança-t-elle.

Aussitôt, des lampes s'allumèrent et celles du plafonnier s'éteignirent, laissant une rangée de LED éclairer faiblement le sol.

À l'écran, les films étaient classés par catégories. Elle cliqua sur les favoris et une longue liste s'afficha.

— Ce sont tous vos préférés ? demandai-je d'un air sceptique.

— Oui.

La vignette sur laquelle elle cliqua retint mon attention et éveilla en moi de lointains souvenirs.

— *Le Patient anglais* ? m'étonnai-je.

Elle me lança un regard noir.

— C'est un classique.

— Surtout si vous voulez pleurer devant votre verre de martini jusqu'à tomber dans le coma à force d'ennui.

— Vous l'avez vu ?

Je serrai les dents et envisageai de changer de sujet.

— Oui, je l'ai vu. C'était le film préféré de ma mère.

Un éclair de curiosité éclaira son regard.

— Était ?

Je vidai d'un trait mon verre de bourbon. Bon sang…

— Elle est morte il y a quinze ans.

Parce qu'elle était tombée dans le crack. Encore et encore, jusqu'à atteindre le fond et ne jamais se relever. Je ravalai mon amertume lorsque Lily se pencha vers moi.

— Vous aviez quatorze ans ?

J'acquiesçai sèchement. Le silence vibra entre nous, puis je montrai l'écran à Lily.

— Vous voulez voir ce film ou pas ?

Elle tourna la tête vers l'écran, puis vers moi. Puis elle me tendit la télécommande.

— Nous avions décidé que vous m'aideriez à choisir le film. Vous n'avez pas validé mon premier choix. À vous de me faire une proposition.

Lorsque je pris la télécommande, mes doigts effleurèrent les siens. Elle retint son souffle.

Seigneur, je rêvais de le sentir sur mon visage. À contrecœur, je me tournai vers l'écran. Étonnamment, les romances ne représentaient que la moitié des films. Le reste se composait de films policiers et de thrillers psychologiques.

Je fronçai les sourcils en faisant défiler la liste.

— Il y en a plus d'une centaine. Comment peuvent-ils tous faire partie de vos favoris ?

— Est-ce si difficile ? demanda-t-elle en plantant

son regard dans le mien. Je peux vous aider, si vous voulez.

Je perçus une pointe de provocation dans sa voix.

Je choisis un film en reniflant bruyamment.

— Heu, non, dit-elle en faisant la grimace. J'aime Bruce Lee mais pas ce soir. La bande-son risque de me donner mal à la tête.

Je continuai à parcourir la liste jusqu'à ce qu'elle pose la main sur la mienne.

— Celui-ci, souffla-t-elle.

— *Revenge* ?

C'était la première version, avec Anthony Quinn, Kevin Costner et Madeleine Stowe. Je ne me souvenais plus très bien de l'intrigue mais j'avais certainement dû le voir. Le cinéma représentait une grande échappatoire pour ma mère, les rares fois où la dépression ne la tenait plus entre ses griffes. En toute honnêteté, il l'avait été aussi pour moi à cette époque car pendant deux ou trois heures, je pouvais cesser de m'inquiéter pour elle. Je l'entendais même rire lorsqu'elle regardait une comédie.

— Oui. Il n'est pas très bien noté mais je l'aime beaucoup. Sauf si vous voulez voir autre chose ?

Je m'efforçai d'oublier le passé.

— Celui-ci fera très bien l'affaire.

J'appuyai sur le bouton « Lecture » et attirai l'attention de Lily sur son verre vide.

— Vous en voulez un autre ?

Elle contempla son martini d'un air nostalgique.

— Non, ce n'est pas raisonnable. Mais je veux bien un soda.

Je partis lui en chercher un et me servis de l'eau. Elle ouvrit la canette, posa les lèvres sur le bord et but la moitié de son contenu tandis que je m'efforçais de ne pas trop regarder sa gorge.

Vingt minutes plus tard, j'avais compris l'intrigue du film. Il parlait de sexe, de corruption, de désirs interdits et de trahison.

Je m'installai confortablement et essayai de me concentrer sur l'histoire. Lily posa le bol de bonbons entre nous et allongea ses jambes. Elle mangea un autre Chamallow puis me tendit un nounours. Je le pris, le mâchai et m'armai de courage pour ne pas observer de trop près ses cuisses exposées à mon regard. Ou son ventre plat sous son T-shirt à fines mailles transparentes. Ou un peu plus bas, son mont de Vénus légèrement bombé.

Seigneur.

Quelques minutes plus tard, elle bougea de nouveau et se tourna vers moi, les jambes repliées sous elle.

Elle posa la tête sur mon bras et je la sentis jouer avec ses cheveux contre ma peau.

La façon dont elle m'effleurait du bout de sa chevelure platine m'excita démesurément. Un instant plus tard, elle plongea la main dans le bol. Elle ne se servit pas mais se contenta de jouer avec les bonbons multicolores, les yeux rivés sur moi.

— Allez-vous vous calmer ou avez-vous prévu de vous agiter pendant tout le film ? demandai-je.

Elle suivit le contour du bol du bout de ses ongles violines.

— Je me sens toujours… énervée, murmura Lily d'une voix rauque.

L'alcool, le sucre, les révélations inattendues et le désir ne faisaient pas bon ménage. Ajoutés à son T-shirt transparent et à son bikini, ils formaient un mélange hautement explosif.

Je saisis le bol de bonbons et le posai de l'autre côté de mon siège.

— Vous pourriez commencer par arrêter de vous bourrer de sucre.

Elle me décocha une moue très séduisante, ce qui attira mon regard sur ses lèvres pulpeuses.

Puis, elle émit un petit son étouffé.

— Caleb.

Bon sang, elle choisissait ce moment pour prononcer mon nom. Avec cette voix si sexy, si sensuelle.

Elle posa sa main libre entre nous et dessina de petits cercles sur le cuir.

— Il est peut-être l'heure d'aller se coucher.

Je ne voulais pas dire cela. Pas du tout.

Lily se mordit les lèvres.

— Non. Je ne peux pas. Je suis trop tendue, murmura-t-elle.

— Dites-moi de quoi vous avez besoin pour vous détendre.

Le moment était très mal choisi pour me présenter comme l'homme de la situation.

Elle battit lentement, sensuellement des cils,

et serra le poing. Une seconde plus tard, son regard se posa sur mon torse, puis sur mon sexe tendu, avec la lenteur d'une caresse. Elle inspira profondément.

— J'ai décidé de profiter du feu vert que vous m'avez donné.

— Comment cela ? demandai-je, le souffle coupé.

Son regard si intense, si merveilleusement provocateur, croisa le mien.

— Vous avez très bien entendu. Vous m'avez proposé d'enfreindre vos règles et je suis prête à le faire.

De délicieux frissons parcoururent mon corps.

— Que voulez-vous dire exactement ?

Un sourire espiègle et coquin étira ses lèvres.

— Vous verrez bien. Voulez-vous prendre mon jouet ?

Bon sang. Mon sexe était déjà prêt et extrêmement capable de la satisfaire. Je grinçai les dents quelques secondes.

— Votre petit jouet rose ? Vous en êtes sûre ? demandai-je d'une voix tendue.

— J'ai besoin de me soulager et voici comment je vois les choses. Deux possibilités s'offrent à moi. Je peux coucher avec vous ou me satisfaire d'une autre façon. Je ne suis pas prête pour la première option.

Qu'avait-elle donc en tête ?

— Lily…

— Êtes-vous partant, Caleb ?

Comme si je pouvais refuser.

— Où se trouve-t-il ?

Je vis ses joues s'empourprer tandis qu'elle désignait d'un signe de tête la petite salle de bains attenante au bar.

— Sous la première couverture, dans le placard, murmura-t-elle.

Je pris une courte inspiration et quittai mon siège. Bon sang, je l'avais poussée à tester ma capacité à me contrôler. Et maintenant, mon sexe était aussi dur que la pierre.

Bien joué, champion !

J'entrai dans la salle de bains et ôtai la première couverture, découvrant le sex-toy rose et brillant. Je brûlais de le laisser à sa place et de dire à Lily que je ne l'avais pas trouvé.

Je pouvais facilement lui donner ce dont elle avait envie avec ma bouche. Avec mes doigts. Avec ma langue. Mais je savais que je serais incapable de m'arrêter là.

Je m'emparai du gadget et revins dans le salon. Lily était à demi couchée, le souffle court. Son T-shirt transparent me rendait fou. Quant à ses cuisses nues et souples et à l'espace entre elles…

— Nous devons nous fixer des règles, dit-elle très vite. Nous garderons tout le temps nos vêtements. D'accord ?

Ses grands yeux écarquillés brillaient et elle était plus belle que jamais. Je brûlais tellement de la voir jouir que mes doigts tremblaient.

— D'accord, dis-je d'une voix étranglée.

Je revins dans le fauteuil et posai le sex-toy entre nous.

Elle le contempla et de nouvelles flammes vinrent teinter de rose ses joues d'albâtre.

— Caleb…

— Je suis à vos ordres, bébé. Dites-moi ce que vous voulez que je fasse.

— Embrassez-moi.

Bon sang, oui.

J'enfouis les doigts dans ses cheveux, je la renversai sur son siège et plaquai ma bouche contre la sienne. Je l'entendis gémir doucement, juste avant qu'elle se coule contre moi. Je n'eus pas besoin de la cajoler bien longtemps. Elle ouvrit sa superbe bouche et j'y introduisis ma langue, incapable de réprimer un grognement en goûtant une nouvelle fois ses lèvres.

Elle se cala contre le siège et je la suivis jusqu'à ce que mon torse touche le sien et que je sente ses seins fermes et ronds frotter contre moi au rythme de sa respiration saccadée.

J'approfondis mon baiser, partis à l'assaut de sa langue et en mordillai la pointe en me souvenant à quel point elle avait aimé cette caresse la dernière fois. Elle me récompensa en gémissant. Les mains qui cajolaient mon dos devinrent plus insistantes puis vinrent s'égarer à la lisière de mon pantalon de survêtement avant de se poser sur mes fesses. Je mordis doucement ses lèvres. Elle enfonça les ongles dans ma chair tout en écartant les cuisses pour mieux m'accueillir.

Les flammes qui faisaient bouillir mon sang s'intensifièrent lorsque je m'écartai pour baisser les yeux entre nous. Moins de vingt centimètres nous séparaient. Il me suffisait de m'abaisser très légèrement pour que mon sexe vienne frotter contre son bikini. Et en me positionnant mieux, je pouvais me glisser entre ses cuisses et me frotter contre son sexe humide. Et la faire jouir de cette façon. Ma respiration s'accéléra en croisant son regard voilé par le désir et ses lèvres rouges et gonflées.

Bon sang.

C'était elle qui menait la danse et cette idée avait beau me déranger, c'était aussi l'expérience la plus grisante de ma vie.

J'eus beaucoup de mal à refréner mes ardeurs mais je plantai les mains de chaque côté de sa tête, augmentai la distance qui nous séparait et remontai les genoux pour encadrer ses cuisses. Cette position m'offrait une vue étourdissante de son corps.

— Et maintenant ? dis-je en grognant.

Elle tâtonna pour trouver le sex-toy, puis hésita.

— Allons-y avant que mes bonnes intentions ne s'envolent.

Son souffle était haché, comme si elle ne parvenait pas à le retrouver. Lorsque ses yeux se posèrent sur ma bouche, je me penchai vers elle et l'embrassai brièvement, mais durement.

— Maintenant, Lily, dis-je d'une voix enrouée.

Elle amena le sex-toy entre nous et l'alluma. Je

m'aperçus qu'il était réglé sur la puissance la plus faible et interrogeai Lily du regard.

— Je n'ai jamais utilisé la puissance maximale, expliqua-t-elle.

Je mis mon pouce sur le sien et augmentai la puissance.

— Dans ce cas, j'inaugure…

Je lui décochai un sourire aussi tendu que mon bas-ventre en reprenant ma position initiale. Et j'attendis.

Lentement, elle baissa sa main puis s'arrêta au-dessus de son ventre. Puis elle leva ses prunelles magnifiques vers moi.

— Fais-le.

Bon sang.

— Tu en es sûre ? demandai-je en m'étranglant.

Elle se mordit les lèvres et hocha vigoureusement la tête. Puis elle me tendit le sex-toy et écarta son bikini de sa main libre.

La vue de son joli petit sexe rose faillit me faire perdre la tête.

Je luttai contre la jalousie irrationnelle qui s'était emparée de moi et positionnai le sex-toy sur sa chair brûlante, à l'endroit le plus sensible. Elle gémit brusquement en s'arc-boutant dans le fauteuil.

Mes bras tremblèrent tandis que je résistais pour ne pas bouger.

— Oh… Seigneur, frémit-elle tandis que je pressais le sex-toy plus fort contre elle.

Les effluves grisants de son sexe me parvinrent, me mettant à l'agonie.

— Tu sens si bon, Lily.

Une autre série de frissons la parcourut et la fit onduler des hanches contre le sex-toy. Je voyais sous le T-shirt et le haut du bikini ses seins durs m'implorer de venir les goûter.

L'eau me monta à la bouche et je résistai à l'envie pressante d'arracher ses vêtements pour le faire. À la place, je me contentai d'embrasser à pleine bouche la peau satinée de son cou et de lécher le pouls qui pulsait à la base de sa gorge. Je mordillai aussi le lobe de son oreille.

— Oh ! Caleb, gémit-elle.

Je vis son visage se crisper et ses paupières se fermer.

— Tu vas bientôt jouir, ma chérie ?

Elle frémit et ses ondulations s'accélérèrent.

— Oui… Oui !

— Ouvre les yeux. Regarde-moi. Je veux te voir pendant que tu jouis, ordonnai-je d'une voix que je reconnaissais à peine.

Son regard troublé par le désir croisa le mien.

— Caleb… Je jouis, dit-elle dans un murmure étouffé. Oh !

Elle explosa dans un cri.

Je serrai les poings et résistai de toutes mes forces pour rester immobile.

Seigneur, elle était magnifique.

Je perdis la bataille alors qu'elle jouissait encore et plaquai ma bouche sur la sienne. Elle s'accrocha à moi et je dévorai chacun de ses halètements dans un effort désespéré de ne rien rater de ce superbe orgasme.

Après une éternité, Lily cessa de se contorsionner. Je m'aperçus alors qu'elle avait enroulé les bras et les jambes autour de moi. Lorsque son parfum monta à mes narines, je compris que la situation était grave.

J'enlaçai la taille de Lily, la soulevai du fauteuil et m'avançai en titubant vers la porte.

— Caleb ? dit-elle d'une voix encore pâteuse.

— Je t'emmène dans ton lit, dis-je entre mes dents.

Elle sursauta.

— Non.

— Ne t'inquiète pas. Je ne vais pas exercer de pression sur toi. Tu vas dormir seule. Et nous allons finir par coucher ensemble, c'est certain, promis-je, mais pas avant que cette histoire soit réglée.

Elle me serra plus fort entre ses cuisses, ce qui me mit au supplice car la pointe de mon sexe frottait à présent contre son entrejambe humide.

Je montai l'escalier d'un pas chancelant et Lily enfouit son visage dans mon cou en gémissant doucement.

— Mais… Et toi ? murmura-t-elle avec un doux sourire qui me fit l'effet d'une torture.

— Je m'en occuperai plus tard.

Ma bouche glissa du coin de ses lèvres vers son oreille délicate.

— Ou je me réserverai pour toi plus tard.

Elle gémit doucement, et ce bruit était une douce

musique à mes oreilles. J'enfouis les doigts dans ses cheveux et maintins sa tête en arrière.

— Cela te plairait ? demandai-je

Elle s'empourpra de plus belle mais soutint mon regard.

— Oui.

J'émis un grognement et la serrai plus fort.

Une fois dans sa chambre, je tirai les couvertures et l'installai au milieu du lit. Elle me garda entre ses cuisses avant de me lâcher. J'embrassai ses lèvres douces et reculai à contrecœur.

— Essaie de dormir. Je veux te voir fraîche et dispose demain matin.

J'avançai d'un pas décidé vers la porte.

— Caleb ?

Ma main se figea sur la poignée de la porte, et je fermai très fort les yeux l'espace d'une seconde salutaire avant de regarder par-dessus mon épaule.

— Oui ?

Elle tortilla le coin de sa couette entre ses doigts sans chercher à se couvrir.

— Merci… Pour ce soir, ajouta-t-elle.

Je parcourus son corps d'un œil brûlant jusqu'à la partie plus sombre entre ses cuisses, sans me soucier du désir bestial qui brillait dans ses yeux.

— Ne me remercie pas encore. J'ai bien l'intention de te faire l'amour jusqu'à te faire perdre la tête dès que cette histoire sera réglée. Et je ne le ferai pas doucement, comme un gentleman. Bonne nuit, Lily.

10

Lily

Mon horloge interne me réveilla juste avant 5 heures du matin, après le sommeil le plus profond que j'aie connu depuis que mon harceleur s'était manifesté. Je m'étirai, roulai sur le côté et me figeai tandis que les souvenirs de la veille refaisaient surface.

Une vive chaleur s'empara de mon corps et se concentra sur mon bas-ventre. Je me redressai en prenant mon visage entre mes mains.

Oh ! mon Dieu !

Je restai allongée en retenant mon souffle et enroulai les bras autour de mes épaules, me préparant à me sentir à la fois extrêmement vulnérable et mortifiée. J'avais confié à Caleb des éléments de mon passé que je n'avais jamais dévoilés à personne. Et ensuite, je l'avais laissé utiliser mon sex-toy sur moi !

Mais bizarrement, aucune de ces émotions ne m'assaillit. Je me sentais plutôt libérée, comme si on avait retiré de mes épaules un lourd manteau. Et Caleb ne m'avait pas jugée, ni dans ses paroles ni dans ses actes.

Sexuellement, je me sentais… merveilleusement bien. Comme si je venais de remporter le premier prix d'un concours auquel j'ignorais avoir participé.

Auparavant, les bonnes expériences sexuelles m'apparaissaient comme un présent que recevaient les autres, un tour de passe-passe que tout le monde maîtrisait sauf moi. Je n'avais pas honte de reconnaître que c'était pour cette raison que j'avais investi dans les meilleurs sex-toys du marché. Mais hier soir…

J'avais joui plus fort que jamais… et nous n'avions même pas fait l'amour. J'étais certaine à cent pour cent que cette expérience n'aurait rien à voir avec mon vibromasseur réglé à son maximum. La seule fois où je l'avais testé à pleine puissance, je n'avais pensé qu'au bruit de l'appareil et aux éventuelles séquelles qu'une surcharge électrique pouvait laisser sur mon corps. Mon expérience avait été gâchée.

Mais la veille, j'avais vaincu mes inhibitions et avais été récompensée par une expérience incroyable.

Je me souvins de Caleb, accroupi au-dessus de moi, grand, sexy, me contemplant avec une fougue non contenue, les mains posées entre mes cuisses, et me tenant des propos à la fois magnifiques et excitants…

Oui, c'était certainement ce qui avait rendu si

inoubliable ce moment vers lequel mon instinct m'avait poussée depuis notre première rencontre.

Je me sentais toute-puissante, comme si j'étais capable de recommencer sans aucun problème.

Je ravalai le gémissement qui montait dans ma gorge.

Malgré les accords que nous avions conclus, il y avait eu un moment, juste avant cet incroyable orgasme, où j'avais voulu sentir le sexe de Caleb en moi, où j'étais prête à le supplier de me faire l'amour au point de me faire perdre la tête.

Sa promesse si excitante qui résonnait encore dans ma tête me fit grogner de plaisir. J'en avais tellement envie.

Sauf que cela ne pouvait pas arriver tant que mon harceleur ne serait pas derrière les barreaux.

Mon harceleur.

Mon programme.

Ma présentation chez SDM.

La réalité me fit l'effet d'une douche d'eau glacée et me catapulta hors de mon lit, sous la douche. Quelqu'un attendait que je fasse un faux pas. Je serrai les dents pour réprimer cette affreuse sensation qui menaçait de gâcher ma journée et m'efforçai de retrouver mon entrain.

Je n'y parvins pas vraiment. Mon moral s'effondra un peu plus lorsqu'un mail de Chance arriva sur mon téléphone, juste au moment où je me dirigeais vers l'escalier.

En entrant dans la cuisine, je découvris Caleb devant la machine à café. Quelques secondes avant qu'il se retourne, je dévorai des yeux son dos moulé dans une chemise bleu marine ajustée, rentrée dans son pantalon taillé sur mesure qui mettait en valeur son superbe fessier.

Un fessier que j'avais caressé beaucoup trop brièvement la veille avant qu'il interrompe mon exploration.

Il se tourna, deux tasses de café à la main. Nous nous figeâmes tous les deux quand nos regards se croisèrent.

Le souvenir de la veille vibrait entre nous, lourd et brûlant. Caleb balaya mon corps de ses prunelles de feu dont l'intensité augmentait à chaque passage. Heureusement, j'avais pris extrêmement soin de ma tenue.

Ma robe noire corseté avec sa jupe évasée était assortie à des bottines à talons. Mon maquillage était lui aussi impeccable. J'avais appliqué un trait d'eye-liner et une touche de mascara sur mes yeux, et mes lèvres étaient couvertes de ce rouge que je préférais et qui me donnait encore plus d'assurance.

— Bonjour, murmurai-je.

J'étais impatiente de trouver quelque chose pour dissiper la tension qui crépitait entre nous et éviter de commettre un acte embarrassant, comme regarder son entrejambe et me demander s'il avait cédé à la tentation hier soir ou s'il avait tenu sa promesse de se réserver pour moi.

— Bonjour, répondit-il en me tendant une tasse.

Nous nous dirigeâmes vers l'îlot central en

buvant distraitement notre café, tandis que les yeux de Caleb parcouraient une dernière fois mon corps. Puis il tendit la main vers mon collier et effleura l'étoile en argent qui y était accrochée.

— Tu es merveilleusement belle, dit-il d'une voix rauque.

Tout mon corps réagit à ses paroles et s'embrasa en une seconde.

— Merci.

Il plissa lentement les yeux.

— Quelque chose ne va pas.

Je lui montrai mon téléphone.

— J'ai reçu un mail de Chance. Il va venir avec une autre personne à la réunion.

Caleb se raidit.

— Qui ça ?

— Il ne l'a pas précisé.

— Il a déjà fait ça auparavant ?

— Non, jamais à la dernière minute.

Je bus une autre gorgée de café et déglutis nerveusement.

— Tu es inquiète, remarqua-t-il.

Je haussai les épaules.

— Je vais survivre à cette pression supplémentaire.

Il posa sa tasse et prit mon visage en coupe.

— Je t'ai observée toute la semaine. Tu es capable de résoudre les problèmes de ton équipe sans même lever les yeux de ton clavier. Tu vas être formidable, aujourd'hui. Je n'en doute pas.

Comme la veille, la délicatesse de son geste,

associée à ses encouragements, m'émut plus que de raison. Je clignai plusieurs fois les yeux pour ne pas me mettre à pleurer.

— Merci.

Je sentis son pouce glisser le long de ma joue.

— De rien, murmura-t-il.

Son regard se posa sur ma bouche et une autre émotion nous enveloppa.

Il s'écarta le premier, prit sa tasse et finit de boire son café.

— Tu es prête ? demanda-t-il.

Envahie par une multitude d'émotions, je hochai nerveusement la tête.

Une fois dans le hall, il saisit le blazer posé à côté de ma sacoche et me le tendit. Debout en face de lui, j'enfilai ma veste et humai en secret son parfum viril et capiteux. J'étais sur le point de fermer le bouton lorsqu'il écarta ma main pour le faire à ma place.

Puis il me prit par la taille et m'attira contre lui.

— J'ignore si tu as bien dormi hier soir, chuchota-t-il contre mon oreille, mais mon sommeil a été très perturbé. Je n'arrêtais pas de penser à quel point tu étais magnifique lorsque tu as joui. Je voulais que tu le saches.

Je luttai pour reprendre mon souffle tandis qu'il enfilait sa veste en cuir. Nous quittâmes la maison sans échanger un autre mot.

Que pouvais-je ajouter ? Lui dire que le fait qu'il n'ait pas dormi m'excitait au plus haut point ? Au diable cette règle nous obligeant à attendre que mon harceleur soit arrêté. Je rêvais que Caleb me prenne sur le siège arrière de la voiture.

La sonnerie de son téléphone retentit. Il le prit et haussa les sourcils en voyant le nom qui s'affichait à l'écran.

— Ross, répondit-il froidement. Oui, Maggie m'a dit que tu avais essayé de me joindre. J'ai été un peu occupé.

Il me décocha un coup d'œil avant de se concentrer de nouveau sur la route.

— Que puis-je faire pour toi ?

Le trafic était fluide et dans le SUV, le volume assez bas de la radio me permit d'entendre l'autre voix.

— Le groupe ne veut pas me reprendre.

Caleb réprima un soupir.

— Tu t'es présenté aux répétitions comme nous l'avions décidé ?

— Tous les jours. J'ai même sacrifié mes projets du week-end pour faire des heures supplémentaires. Ils m'ont dit que c'était trop tard, et que ça ne suffisait pas.

— Ça fait seulement une semaine. Ils cherchent peut-être à te tester et à savoir si tu ne vas pas de nouveau les décevoir. Tu es où en ce moment ?

Il y eut un moment d'hésitation avant que le dénommé Ross réponde.

— Au Beverly Hilton.

Je vis les muscles de la mâchoire de Caleb tressaillir.

— N'avions-nous pas décidé que tu n'y retournerais plus ?

— Oui, mais si les gars ne me reprennent pas dans leur groupe, alors…

— Ne pense pas une seule seconde à me refaire ce coup-là sinon je raccroche tout de suite et je te bloque pour toujours, l'interrompit brutalement Caleb.

— Je ne le ferai pas, mais c'est dur, dit l'autre d'une voix plaintive.

— C'est ce qui arrive quand on laisse tomber ses amis, Ross. Ils cessent de vous faire confiance.

Sa voix s'adoucit.

— Si c'est vraiment ce que tu veux, il faut persévérer, poursuivit-il. Ils finiront par te rappeler.

— Et s'ils ne le font pas ?

— Alors, tu devras trouver des réponses ailleurs. Tu as du talent. Tu as juste besoin d'être un peu plus responsable. Finalement, il ne tient qu'à toi de réussir ou d'échouer.

— Je veux faire partie de ce groupe, dit Ross.

— Alors, tu sais ce qu'il te reste à faire.

J'entendis un soupir à l'autre bout de la ligne.

— Oui. Merci, mon vieux.

— Tu me remercieras en quittant cet hôtel et en retournant chez toi.

Caleb raccrocha et rangea son téléphone dans sa poche.

Nous gardâmes le silence quelques minutes.

— Tu es doué pour ça, dis-je enfin. Pour prendre soin des autres.

Je vis ses lèvres s'incurver, mais son sourire n'atteignit pas ses yeux.

— Merci. C'est un grand compliment dans ta bouche.

— Je le pense. Il n'est pas simple d'avoir affaire à des personnes qui ne sont pas toujours réceptives.

Il se tourna vivement vers moi.

— Tu t'inclus parmi ces personnes ?

Je réprimai une grimace.

— Peut-être. Mais je pense à ce que tu viens de dire à l'instant… Est-ce pour cette raison que tu fais ce métier ? Parce que des personnes t'ont laissé tomber ?

Je vis son visage se crisper.

— C'est une conversation trop pesante pour ce matin, ma chérie.

— Tu préfères la fuir.

— Et toi, tu cherches uniquement une excuse pour détourner ton esprit de ta réunion. Ce n'est pas le bon sujet de conversation, Lily.

Il y avait une pointe d'avertissement dans sa voix.

— Et pourquoi pas ? Je t'ai confié mes secrets. Tu me dois quelque chose. Donnant, donnant. N'est-ce pas ce que tu m'as dit ?

Il pinça les lèvres, avant de souffler quelques instants plus tard.

— Oui, plusieurs personnes m'ont laissé tomber. Mais pire encore, ils ont abandonné ma mère au moment où elle avait le plus besoin d'eux. Être si impuissant est un sentiment terrible. C'est pourquoi j'aime aider les gens maintenant.

— Quand as-tu commencé à le faire ?

— Officiellement ? Quand j'avais vingt ans. Officieusement, peu après la mort de ma mère. J'avais beaucoup à faire à Trenton Gardens.

L'amertume qui teintait sa voix me fit frémir.

— J'ignore où se trouve cet endroit.

— Considère que c'est une bonne chose, bébé.

Je contemplai son profil dur. Le cœur vibrant d'un désir que je ne pouvais contenir, je pianotai sur mon téléphone.

Mon sang se glaça.

Trenton Gardens abrite les gangs les plus célèbres de South Central à Los Angeles. Cinq personnes y sont tuées chaque semaine.

La lecture que je fis à haute voix m'emplit de terreur.

Il lança un regard plein de colère vers le téléphone, puis haussa tristement les épaules.

— Ce n'est pas vraiment un conte de fées, pas vrai ?

Je rangeai mon téléphone, le cœur serré de compassion pour cet homme si dur en apparence, et si tendre par moments. Je voulais le connaître mieux, découvrir un à un ses secrets.

— Il m'arrive de t'entendre, murmurai-je.

Il se raidit.

— Comment cela ?

— La nuit. Tu ne dors pas très bien, n'est-ce pas ? insistai-je doucement.

— Qu'est-ce qui te fait croire que je ne travaille pas, pour essayer de te protéger ?

— C'est ce que tu fais ?

Il serra plus fort le volant.

— N'insiste pas, Lily.

— Ma mère est partie peu avant mes huit ans. Je n'ai pas dormi pendant un an, avouai-je. Mon beau-père et moi nous sommes réveillés un matin et... elle n'était plus là. Elle nous a laissé une lettre expliquant qu'elle ne reviendrait jamais et qu'il était inutile d'essayer de la retrouver. Même lorsqu'une semaine plus tard, nous avons reçu les documents de son avocat où elle donnait la garde complète de sa fille à mon beau-père, je croyais encore qu'elle reviendrait. Stephen était stérile. Il ne pouvait pas avoir d'enfants. C'est uniquement à cause de cela qu'il m'a gardée.

Caleb jura dans sa barbe.

— Tant pis pour lui, Lily. Ce n'est pas ta faute.

Je tentai d'ignorer sa compassion d'un haussement d'épaules, mais j'en fus incapable.

— Ma conduite n'a pas été toujours irréprochable. Mais... ça faisait trop mal de savoir que ma mère avait pu partir sans la moindre hésitation et que mon beau-père m'aurait abandonnée lui aussi s'il avait eu des enfants à lui. Il m'est arrivé de faire des bêtises. Parfois.

— Cela n'excuse pas ce qu'il a fait.

— Je sais mais..., dis-je en haussant les épaules.

— Au fond de toi, tu désirais que les choses se passent différemment.

Je reniflai pour chasser des larmes que je ne voulais pas verser.

— C'est stupide, non ?

— Non. Pas du tout, murmura-t-il en faisant glisser un doigt sur ma joue.

Bon sang, voilà qu'il redevenait tendre. Une larme de crocodile roula sur ma peau.

Il jura de nouveau et éteignit le moteur. Je regardai distraitement par la fenêtre et m'aperçus que nous étions garés sur le parking de SDM. Il était encore très tôt. Nous n'étions entourés que de quelques voitures garées à plusieurs mètres.

Lorsque son pouce effleura mon menton, j'essayai de m'écarter de lui, complètement terrifiée de me sentir faiblir. Il agrippa mes cheveux et me força à me tourner vers lui.

Il m'observait d'un œil à la fois interrogateur et doux.

— Je t'avais dit que cette conversation était trop pesante à cette heure de la journée. Tu devrais m'écouter plus souvent.

Une autre larme roula. J'essayai de rire pour la chasser.

— J'ignore pourquoi je pleure. J'ai dépassé tout cela. Je compte plutôt les jours qui me séparent du moment où je laisserai mon beau-père et Chance derrière moi.

Ses doigts se serrèrent sur ma nuque. Il tapota ses genoux de son autre main.

— Viens ici, ordonna-t-il.

Je cessai de respirer.

— Pourquoi ?

— Pour que je t'aide à te sentir mieux, répondit-il d'une voix douce et profonde qui nous enveloppa aussitôt, moi et mes turbulentes émotions.

Non, il ne fallait pas que je le fasse.

Vraiment pas.

Je décrochai lentement ma ceinture de sécurité malgré la voix qui hurlait dans un coin de ma tête pour me mettre en garde. Le siège que Caleb avait déjà reculé pour étendre ses longues jambes m'offrait assez de place pour m'installer sur ses genoux.

Caleb posa une main sur ma nuque et l'autre sur ma hanche.

— Ouvre ta veste, dit-il d'une voix impérieuse.

Je m'exécutai d'une main tremblante.

Le soleil ne s'était pas encore complètement levé et les vitres teintées nous mettaient à l'abri des regards indiscrets. J'enfourchai Caleb et dès que mes mains se posèrent sur ses épaules, il m'enlaça et s'empara de mes lèvres.

Il dévora ma bouche comme si c'était son dernier repas, et j'en fus plus qu'heureuse.

Je sentis son érection grossir entre mes cuisses et pulser de manière insistante contre moi. Poussée par l'excitation, je me frottai contre lui et fus récompensée par son grognement fiévreux. Nous nous embrassâmes jusqu'à ce que le manque d'oxygène nous oblige à nous séparer. Caleb pétrit d'une main mes fesses, m'encourageant à continuer de me frotter contre lui. Cette sensation était aussi intense que délicieuse.

Seigneur, j'aurais pu jouir rien qu'en ondulant contre lui.

Cette idée m'arracha un gémissement avide mais lorsque je voulus me pencher vers lui pour l'embrasser encore, Caleb m'arrêta.

— Je n'ai pas vu de fermeture Éclair sur ta robe quand je t'ai aidée à enfiler ta veste. Où est-elle ? demanda-t-il d'une voix rauque.

Je lui montrai d'une main tremblante mon flanc gauche.

— Fais-le pour moi, ma chérie, dit-il en me fixant avec son regard de braise.

Je sentis mon cœur s'emballer mais je ne pouvais pas m'arrêter, j'étais comme un train lancé à pleine vitesse. Je fis glisser la fermeture et bientôt, le corsage se desserra et dévoila mes seins.

Caleb me regarda fixement pendant une interminable seconde avant de baisser les yeux vers ma poitrine. Il prit une courte inspiration et étouffa un juron. Puis il effleura la pointe tendue d'un de mes seins du dos de la main, ce qui me fit sursauter.

— Je me demandais s'ils seraient pâles ou sombres.

Il leva brusquement les yeux vers mon visage pour voir ma réaction tout en répétant son geste.

— Je n'avais pas de préférence, mais maintenant que je les vois… ils sont parfaits.

Il s'étrangla sur ces dernières paroles, m'attira

vers lui avec force et prit entre ses lèvres la pointe d'un de mes seins. Je poussai un petit cri de surprise et de plaisir mélangés.

Il aspira avec avidité, puis lécha impitoyablement la pointe si sensible tout en imprimant un mouvement de va-et-vient de mon bassin sur son sexe.

Il fit de même avec chacun de mes seins, caressant de sa main libre celui qu'il ne léchait pas en faisant rouler sa pointe entre le pouce et l'index.

Bientôt, un feu d'artifice multicolore envahit ma vision et je poussai un cri de bonheur.

J'enfonçai les doigts dans ses cheveux dans un élan désespéré pour le maintenir en place. Je basculai la tête en arrière tandis que mes hanches, animées d'une vie propre, s'obstinaient à le chevaucher en quête du plaisir qui pointait à l'horizon.

— Bon sang, tu es si belle, grogna-t-il contre moi en me fixant avec une intensité inimaginable.

— Caleb…

— Tu ignores à quel point tu es belle, n'est-ce pas ?

Je ne pouvais plus respirer. Cet homme me mettait à nu, morceau par morceau. Il s'emparait de mon corps et de mon âme. Et je ne voyais aucune raison de l'arrêter.

Mon corps était une boule de sensations bouillonnantes qui n'attendaient qu'un ordre inconnu pour exploser. Caleb mit sa main sur ma gorge et la serra sans me faire mal. L'autre se glissa sous ma robe et écarta mon string.

Je plantai les doigts dans ses épaules.

— Je n'avais pas l'intention de le faire mais j'ai besoin de te sentir, Lily.

— Oui.

Il m'était aussi facile d'accepter cette caresse que de respirer tant mon désir était incontrôlable.

Caleb planta son regard dans le mien, puis il lécha le bout de mon sein tout en me pénétrant avec un doigt.

Un cri étouffé jaillit de ma gorge. Il ajouta un autre doigt et le plaisir m'envahit tout entière. J'accélérai le mouvement de mes hanches à la recherche de l'extase.

— Bon sang, que tu es étroite, s'écria-t-il d'une voix hachée et haletante. Il me tarde d'être en toi.

— Caleb…

J'étais incapable de prononcer un autre mot que son nom tandis qu'il me rendait folle avec ses caresses.

Une merveilleuse spirale de plaisir menaçait de m'aspirer et de m'entraîner avec elle.

Ses doigts accélérèrent leur mouvement et je sentis son pouce se poser sur mon point le plus sensible. Un plaisir inédit m'envahit et je jouis comme jamais dans ma vie.

Au milieu de cette extase aveuglante, Caleb couvrit ma bouche et accompagna chaque vague de plaisir jusqu'à ce que je cesse de me contorsionner.

Haletante, je finis par m'effondrer sur lui telle une poupée de chiffon. Caleb couvrit de baisers ma nuque et ma joue tout en caressant mes fesses.

— Tu vas bien ? murmura-t-il d'une voix rauque contre mon oreille.

Je lui répondis par un son à peine audible, encore perchée sur mon petit nuage de bonheur. Caleb fit jouer ses doigts en moi, ce qui me fit haleter une dernière fois. Puis il les retira.

Il m'aida doucement à me redresser et leva mon visage vers lui. Il introduisit alors ses doigts encore imprégnés de mes effluves dans sa bouche et les lécha. Je sentis mes joues s'empourprer tandis qu'il pressait les lèvres contre les miennes.

— Ton goût est encore plus exquis que ce que j'imaginais. La liste de ce que je rêve de te faire s'allonge d'heure en heure, bébé. Je viens juste d'y ajouter l'envie de te goûter inlassablement.

Je poussai un grognement et tous mes sens s'éveillèrent de nouveau. Avant que mon cerveau envahi par les brumes de l'orgasme revienne à la réalité, je me décalai et posai la main sur sa ceinture.

Caleb se raidit.

— Lily ?

Peut-être que ces orgasmes m'avaient rendue audacieuse. Peut-être était-ce ces derniers compliments qui m'aidaient à puiser dans mes ultimes réserves. Quoi qu'il en soit, j'effleurai doucement ses lèvres du bout des doigts avant d'y poser ma bouche.

— Chut, murmurai-je. Tu n'es pas le seul à pouvoir distribuer de merveilleux cadeaux ce matin. Je me sens d'humeur généreuse, moi aussi.

Il écarquilla légèrement les yeux, juste avant de poser son regard brûlant sur ma bouche.

— Lily…, dit-il d'une voix rendue rauque par le désir.

— Vas-tu m'autoriser à te donner du plaisir, Caleb ?

Je baissai la fermeture de son pantalon et introduisis la main dans son caleçon.

Il bascula la tête contre le repose-tête et poussa un long grognement torturé.

— Tu crois que je suis prêt à refuser une telle proposition ?

Je sortis son sexe, étouffai un petit cri de surprise et me délectai du spectacle. Il était épais, dur, et extrêmement brûlant. Il était exactement comme je l'avais rêvé, mais en mieux.

— Tu es magnifique, dis-je dans un élan de sincérité.

Je le caressai timidement.

Un son guttural s'échappa de sa gorge.

— Bon sang, Lily…

Je sentis monter une immense appréhension. Prendre pour la première fois le sexe d'un homme dans ma bouche et regarder quelques vidéos pornos étaient deux choses très différentes.

Je le caressai plus vite, me délectant de sa peau satinée, et me réjouis d'entendre Caleb grincer des dents tandis qu'une légère teinte rose envahissait ses joues.

Absorbée par les soins que je lui apportais, je sursautai en l'entendant jurer.

— Bon sang, cesse de te lécher les lèvres de cette façon et pose ta bouche sur moi avant que je jouisse.

Le cœur battant, je baissai lentement la tête et embrassai le sommet de son sexe. J'entendis Caleb retenir son souffle. Il caressa mon dos. Je déposai une pluie de baisers le long de son sexe avant d'être récompensée par un autre grognement grave.

Je continuai à faire glisser ma main le long de son superbe membre, puis je le léchai à petits coups. Son bassin se souleva soudain vers ma bouche et il enfonça les doigts dans mes cheveux en étouffant un juron.

Je le suçai et l'aspirai avec avidité en agrémentant cette douce torture par de longues caresses régulières, imprimant un rythme qui arracha à Caleb des halètements de plus en plus bruyants.

— Oui, comme ça, grogna-t-il en cherchant mon sein d'une main.

Un aiguillon de plaisir me traversa tandis qu'il me malaxait furieusement. Ses mouvements se firent plus saccadés tandis que je poursuivais inlassablement mes caresses.

Je levai brièvement les yeux vers lui et vis qu'il avait fermé les siens. Son torse montait et descendait à mesure qu'il inspirait pour reprendre son souffle.

Je glissai une main entre ses cuisses pour le caresser plus pleinement et sentis ses doigts agripper douloureusement mes cheveux.

— S'il te plaît, Lily, ne t'arrête pas.

Comme si cela était encore possible, je le sentis grossir dans ma bouche. Je l'aspirai plus profondément, jusqu'au fond de ma gorge, et restai immobile, jouissant de son abandon lorsqu'il s'enfonça impitoyablement dans ma bouche.

Il haleta plus fort. Un grognement animal monta dans sa poitrine et jaillit de sa gorge sous la forme d'un cri rauque juste avant qu'il jouisse furieusement.

Je sentis sa saveur salée et musquée m'envahir, étrangement enivrante. Caleb s'effondra ensuite sur le siège et je le laissai m'aider à me redresser.

— Bon sang, Lily. C'était sensationnel, souffla-t-il contre ma bouche.

Le sourire qui incurva mes lèvres était empreint d'une puissance toute féminine. Je n'avais pas failli lors de cette première expérience. Un petit rire espiègle jaillit de ma gorge sans que je puisse le retenir.

— Tu profites de ton pouvoir, n'est-ce pas ? demanda-t-il d'une voix hachée.

— Peut-être.

Il m'attira vers lui et me donna un long et profond baiser. Puis nous nous séparâmes, les yeux dans les yeux pendant de longues secondes, le temps de reprendre nos esprits.

Caleb scruta attentivement mon visage, puis caressa mes lèvres du bout du pouce.

Après s'être rhabillé, il fouilla dans la boîte à gant et me tendit un paquet de Kleenex. J'en pris un dans le but de m'essuyer mais Caleb m'en empêcha.

— Non, pas ici. Je veux que tu ailles aujourd'hui au bureau avec le souvenir de ces bons moments. Chaque fois que tu te sentiras nerveuse, il te suffira d'y penser. Rappelle-toi que tu es formidable, d'accord ?

Ma gorge se serra, tellement que je fus incapable de parler. Je hochai la tête et il m'enleva le Kleenex de la main pour essuyer mon rouge à lèvres qui avait bavé. Puis il fit la même chose pour lui avant de fouiller dans ma sacoche à la recherche de ma trousse de maquillage.

Il me regarda fixement pendant que je réparai les dégâts causés par ses baisers. Puis il m'aida à remonter la fermeture Éclair de ma robe et à boutonner ma veste avant que je regagne mon siège.

— Tu es prête ? demanda-t-il.

J'inspirai profondément et laissai ma gratitude paraître dans mon sourire.

— Oui.

Il me sourit tendrement, l'air un peu désarçonné.

— Allons-y.

La matinée se déroula sans anicroches. Le public était composé de journalistes spécialisés dans les nouvelles technologies et de blogueurs qui applaudirent à l'issue des deux heures de présentation.

Au fil des années, Chance et moi étions passés maîtres dans l'art de nous retrouver dans la même pièce en s'adressant au minimum la parole.

Je revins ensuite dans mon bureau avec lui. Caleb avait accepté à contrecœur de rester caché pendant que je traiterais avec Chance, mais je le savais tout près, et cette certitude m'apporta un réconfort immense et insoupçonné jusqu'à l'heure de la deuxième présentation.

La version bêta se lança comme prévu, et les quelques améliorations que j'avais apportées à mon algorithme lui donnèrent la rapidité que j'avais annoncée.

Jusqu'au moment où la phase de compression commença à ralentir. Mon cœur bondit dans ma poitrine. Dix-sept secondes insoutenables s'écoulèrent avant qu'il se remette à fonctionner à une vitesse normale.

Mais lorsque l'écran s'éteignit et que les lumières éclairèrent la salle de conférences, cet incident était la seule chose importante à retenir.

11

Lily

— Je peux arranger ça, bafouillai-je. C'est juste un petit bout de code qui est en cause.

Chance paraissait furieux.

— Nous pensions qu'à ce stade, ces problèmes avaient été réglés.

— J'ai encore trois semaines de bêta tests devant moi avant la remise finale.

Walter Green, l'homme que Chance avait amené, fronça les sourcils.

— Vous aviez dit que tout était prêt, Donovan.

— C'est ce qu'on m'avait assuré, répondit Chance.

J'ignorai les deux hommes et allumai mon ordinateur. Je parcourus le code et localisai très vite le problème. Le cœur battant, je me concentrai pour l'analyser ligne par ligne. Au bout d'un moment, je m'arrêtai et levai la tête.

— Je peux le corriger, répétai-je. Mais j'ai besoin de temps.

— Combien ? glapit Chance.

Je me mordis les lèvres.

— Une semaine. Dix jours, maximum.

Ma réponse fut suivie d'un lourd silence.

Walter Green se leva et quitta la pièce sans un mot. Les autres cadres de SDM le suivirent.

Chance Donovan braqua ses prunelles grises sur moi. La détresse contenue dans son regard était typiquement celle d'un P-DG entre deux âges avec une femme et trois enfants à nourrir. Mais j'y perçus l'ombre d'une menace qui aiguisa mon instinct de préservation.

— Je suis très déçu, Lily, grinça-t-il.

Je m'efforçai de ne pas m'effondrer.

— Qui est Walter Green ?

— C'est l'homme qui décide si SDM va nager ou couler. Livrer cet algorithme correctement et dans les temps pour gagner cette liberté que tu réclames à cor et à cri va dans ce sens. Est-ce bien clair ?

— Oui, murmurai-je.

— Parfait. Maintenant, quelles sont ces rumeurs qui me sont parvenues à propos d'un nouveau consultant ? demanda-t-il de but en blanc.

Je tâchai de ne pas me crisper en lui servant la réponse que Caleb et moi avions concoctée.

— Il vient de Los Angeles. Il est venu m'aider à réunir des informations sur le développement d'une application de jeu sur laquelle nous travaillons, mon équipe et moi.

Ses yeux brillèrent d'un éclat soupçonneux.

— Pourquoi n'ai-je pas été informé ? Et pourquoi loge-t-il chez toi ?

Pourquoi n'étais-je pas surprise qu'il sache que Caleb habitait avec moi ?

— Parce que nous n'en sommes qu'au début de notre collaboration et que je n'ai pas besoin d'avoir ton autorisation pour avoir un invité.

Il étrécit les yeux et garda le silence un long moment.

— Rappelle-toi ce qui est en jeu avec ce projet, Lily, prévint-il avant de quitter la pièce.

Je plongeai le visage entre mes mains.

Une minute plus tard, Caleb arriva. Je fis pivoter mon fauteuil avant de baisser les mains. Il avait tout entendu par le biais de mon ordinateur. Je n'eus donc pas besoin de lui expliquer ce qui s'était passé. Sa présence rassurante leva une partie de mes appréhensions.

— Je regrette de ne pas avoir été là pour mettre mon poing dans la figure de ce salaud, dit-il. Si j'ai bien compris, il ne s'agit que d'un problème mineur, n'est-ce pas ?

— Peut-être. Ou peut-être pas.

Il fronça les sourcils et s'agenouilla devant moi.

— Ce qui veut dire ?

— Ce bug me semble très… sophistiqué. J'ai vérifié trois fois le code hier. Jamais je n'aurais dû passer à côté…

— Tu crois que tu as été piratée ? demanda-t-il avec inquiétude.

Je ne parvins pas à dissiper le frisson qui me glaçait le dos.

— Je ne pense pas que cela soit possible…

Je m'interrompis alors qu'une autre idée venait de germer dans mon esprit.

— Quoi donc ?

— J'ai ajouté une mise à jour que mon équipe m'a donnée ce matin.

— Quelle équipe ?

— Celle de Sanjeet. Mais…

Il effleura mes lèvres du bout des doigts pour m'interrompre.

— Tu n'as envie de soupçonner personne. Je ne veux pas t'enlever cette qualité mais tôt ou tard, il va falloir accepter que tout le monde n'est pas honnête.

Je sentis mon cœur se serrer.

— Je sais, mais j'ai confiance en eux.

— Laisse-leur le bénéfice du doute si tu veux. Et laisse-moi découvrir qui est le responsable. D'accord ?

Pleine de tristesse, je posai les yeux sur mon ordinateur.

— Quel est leur objectif, Caleb ?

— Le harcèlement vise à te déstabiliser pendant qu'ils essaient de mettre la main sur ton projet.

Cette pensée me fit frémir d'horreur.

— Cela ne peut pas arriver.

— Et cela n'arrivera pas, grommela-t-il entre ses dents.

Il ferma d'un geste ferme le capot de mon ordinateur.

— Il est presque 18 heures. Tu es debout depuis 5 heures ce matin. Je te ramène à la maison.

Je secouai la tête.

— Je ne peux pas. L'équipe a l'habitude de sortir faire la fête après une présentation. Ils s'attendent à ce que je sois là.

— Où doit-elle avoir lieu ?

— Au Q Base à Cupertino.

Caleb sortit son téléphone pour donner ses instructions à l'équipe chargée de ma sécurité. Puis il me prit par les épaules.

— Tu as officiellement arrêté de travailler pour le reste de la journée. Compris ?

Hébétée, je hochai la tête dans un état second.

J'accueillis avec reconnaissance l'appel de Maggie qui retint Caleb au téléphone pendant tout le trajet vers le Q Base.

Nous entrâmes dans le club, accueillis par une musique si forte que toute conversation entre Caleb et mon équipe serait impossible.

Je serrai la main de toutes les personnes qui s'arrêtaient pour me féliciter dans le salon VIP réservé à SDM, mais dès que l'occasion se présenta, je fonçai vers le bar.

— Tu veux un martini avec un trait de citron ? demanda Caleb contre mon oreille.

Les souvenirs de la veille envahirent mon esprit et dissipèrent une partie de ma mélancolie.

— Pas si ce n'est pas toi qui le prépares, répondis-je

avant de réaliser à quel point cette remarque était révélatrice.

Caleb esquissa un sourire suffisant.

— Ils ne le font pas très bien ici, ajoutai-je très vite. Je préfère boire un Noche Azul.

Caleb commanda mon cocktail et un bourbon pour lui.

Pour le monde de la nuit, il était encore très tôt et nous avions presque toute la piste de danse pour nous. Mais une heure plus tard, l'endroit était bondé.

Je m'excusai pour aller aux toilettes et lorsque je revins, Miranda était assise à côté de Caleb. Je me figeai et la regardai se pencher vers lui pour lui murmurer quelque chose à l'oreille.

Il sourit mais secoua la tête. Miranda se pencha plus près et sa jambe nue glissa contre celle de Caleb.

Je sentis mon ventre se contracter. Déjà échauffée par les deux cocktails que je venais de boire, je m'imaginai me jetant sur elle pour la traîner par les cheveux et clamer au monde entier que Caleb était à moi.

Mais à l'exception des deux orgasmes qu'il m'avait offerts, de quelques confidences et de sa promesse de me faire perdre la tête à l'issue de cette affaire, quel droit avions-nous l'un sur l'autre ? Caleb pouvait disparaître de ma vie à n'importe quel moment, dès la semaine prochaine.

Cette idée déclencha en moi un pic de douleur aussi aigu qu'inattendu.

Je fis demi-tour et me dirigeai vers le bar. Quelqu'un m'emboîta le pas. Quelqu'un que je connaissais.

C'était Mark, mon ex, qui d'après Caleb ne me voulait aucun mal.

— Je t'ai reconnue, dit-il.

— Salut !

Je l'accueillis avec un large sourire.

— Cela fait longtemps.

— Oui…

Il désigna la piste de danse.

— Tu veux danser ?

Je regardai par-dessus mon épaule. Les yeux de Caleb étaient rivés sur moi et s'étrécirent en passant tour à tour de Mark à moi. Même à cette distance, je perçus sa tension.

Je me tournai vers Mark.

— Oui, pourquoi pas ?

Mark me décocha un large sourire. Nous nous dirigeâmes ensuite vers la piste de danse et je me laissai envahir par la musique avec un sentiment intense d'abandon. Quelques secondes plus tard, Caleb apparut à côté de moi.

— Toi, fiche le camp, lança-t-il à Mark.

En fin psychologue, Mark évalua la situation, vit qu'il n'était pas en position de force et battit rapidement en retraite.

Caleb braqua son regard furieux sur moi.

— Que fais-tu exactement ?

Je haussai les sourcils.

— Je devrais te demander la même chose. Tu viens de me priver de mon partenaire de danse.

— Tu as dit que tu allais aux toilettes, lança-t-il d'un ton accusateur.

— C'est ce que j'ai fait mais lorsque je suis revenue, j'ai vu que tu étais… occupé.

J'aperçus les muscles de sa mâchoire tressauter.

— Tu as donc décidé de laisser ce blanc-bec baver sur toi ? siffla-t-il.

Je haussai les épaules et son regard se posa sur mon décolleté. J'avais ôté ma veste et sans elle, ma tenue était passée d'excentrique, mais acceptable en milieu professionnel, à osée.

— Ce n'était pas n'importe quel homme, précisai-je. J'ai laissé mon ex m'inviter à danser. Maintenant que tu l'as fait fuir, vas-tu prendre sa place ou es-tu juste venu pour me réprimander ? Tu as certainement envie de déballer le grand jeu pour notre public.

Il ne décocha pas même un œil au dit public. Il s'approcha de moi et me toisa de toute sa hauteur. Je penchai la tête en arrière et croisai son regard furieux. Puis je posai les mains sur sa taille. Il se raidit. Sans cesser de le fixer, je commençai à bouger, à onduler des hanches au rythme plus lent de la musique. Puis j'ajoutai quelques mouvements d'épaules.

Ses yeux se posèrent de nouveau sur mon décolleté et un léger frisson m'envahit. Je fis glisser mes ongles le long de son ventre tout en me balançant de façon plus suggestive. Il posa une main dans mon dos et m'attira vers lui.

— Essaies-tu de me faire perdre la tête, Lily ? grinça-t-il contre mon oreille.

Je fis la moue.

— Je ne fais que danser.

Il me fixa pendant plusieurs longues secondes.

— Très bien. Alors dansons.

Au cours des cinq morceaux qui se succédèrent, Caleb me montra sans efforts à quel point il était incroyable sur une piste de danse. Ses mouvements souples attiraient l'attention des autres danseurs, et bientôt, toutes les femmes avaient les yeux rivés sur lui.

Son sourire espiègle brilla de plus en plus souvent, jusqu'à ce que je sois incroyablement excitée.

Assez pour oublier ma contrariété. Assez pour serrer très fort la main de Caleb lorsqu'il me fit sortir de la piste de danse.

— Tu veux un autre verre ? demanda-t-il quand nous atteignîmes un endroit plus calme près du bar.

— Non, merci.

— D'accord.

Il rangea une mèche de cheveux derrière mon oreille et caressa ma joue.

Je contemplai son beau visage et son regard ardent.

Le cœur battant, je me mordis la joue. C'était maintenant ou jamais.

— Caleb ?

— Oui ?

Sa voix était bourrue, comme s'il ressentait lui aussi les sentiments qui m'assaillaient.

— Je n'ai pas envie d'attendre.

Il recula d'un pas et me transperça du regard.

— Est-ce à cause de ce qui s'est passé pendant ta présentation que…

— Non, pas du tout.

Je m'humectai nerveusement les lèvres.

— S'il te plaît, Caleb. Tu as dit que tu ne te servirais de rien de ce qui se passerait pendant cette affaire pour me blesser. Il en est de même pour moi. J'ai envie que…

— Pour que tout soit clair entre nous, que veux-tu exactement ? demanda-t-il.

Je fis glisser ma main sur son torse, sur son épaule et sur sa nuque, puis je l'attirai vers moi.

— Je veux que tu enfreignes tes règles et que tu me ramènes à la maison, murmurai-je contre son oreille. Je veux que tu me déshabilles complètement. Ou alors… je peux garder ma robe si tu veux. Et je veux que tu me fasses l'amour jusqu'à en perdre la tête. Comme tu me l'as promis.

Un long frisson secoua son corps. Il continua à me fixer pendant plusieurs secondes.

— Et merde !

Il enfouit alors son visage dans mon cou, inspira péniblement puis saisit la main que j'avais posée sur sa nuque.

— Je savais que je serais incapable de tenir très longtemps. Tu es sûre de ce que tu veux ?

— Oui.

Il serra les dents tout en résistant une minute de plus à cette idée.

— Allons-y, dit-il enfin.

Chaque minute passée entre Cupertino et la maison me parut une éternité.

J'étais fiévreuse et chaque fois que je croisai le profil tendu de Caleb, mon excitation montait d'un cran. Je voyais son érection tendre le tissu de son pantalon. Il changea brusquement de file et sa jambe se déplia lorsqu'il accéléra.

— J'aime la façon dont tu conduis, dis-je alors.

Il me lança un regard brûlant.

— J'aime la façon dont tu me regardes.

Prise d'une subite impulsion, j'inclinai le dossier de mon siège de trente degrés et plaçai mes jambes sur le tableau de bord. L'ourlet de ma robe remonta jusqu'à mi-cuisse.

Les prunelles de Caleb devinrent incandescentes.

— Bon sang, Lily, tu vas me faire faire des bêtises. Je te jure que si on m'interpelle avant que j'aie pu te faire l'amour, je te donnerai une fessée dont tu te souviendras. Tu ne pourras plus t'asseoir pendant une semaine.

Pourquoi cette idée me séduisait-elle tant ?

— J'ai de quoi payer ta caution. Je t'aiderai, répondis-je en retroussant un peu plus ma jupe.

Il se déporta sur la file de gauche, la plus rapide,

tout en partageant son attention entre la route et mes cuisses. Puis il poussa un grognement.

— Arrête. S'il te plaît, bébé, laisse-moi nous ramener à la maison en un seul morceau. Tu pourras alors me montrer à quel point tu es sexy.

Je serrai les poings.

— J'ignore si je suis capable d'attendre.

— Eh bien, pour notre première fois, sache que je ne vais pas te prendre sur le bas-côté de la route, grommela-t-il.

Il pressa durement ma cuisse avant d'ôter sa main.

— Sois sage, demanda-t-il d'une voix si tendue qu'elle m'arracha un sourire.

— D'accord.

Je lâchai ma jupe et enroulai les bras autour du repose-tête, ce qui mit en valeur ma poitrine généreuse.

— Pour l'amour du ciel ! Tu crois que c'est mieux ? grinça-t-il.

— Hum. Je vais peut-être faire une petite sieste. Tu me réveilleras lorsque nous serons à la maison ?

Il jura de nouveau tandis que je fermais les yeux. Quelques virages serrés menacèrent de faire tomber mes pieds du tableau de bord. Mon sourire espiègle s'évanouit à mesure que s'égrenaient les minutes. Le temps d'arriver à la maison, je ne pouvais plus respirer. J'étais aussi tendue que Caleb.

Il éteignit le moteur sans même regarder dans ma direction. Il sortit ensuite de la voiture et vint m'ouvrir la portière. Je vis sa poitrine monter et descendre rapidement tandis qu'il me dévorait des yeux.

Lentement, il planta son regard dans le mien, se pencha vers moi et défit ma ceinture de sécurité. Lorsque j'essayai de me lever, il posa une main sur mon ventre. Son autre main s'égara entre mes cuisses et je sentis ses doigts remonter vers mon entrejambe. Avec une lenteur insoutenable, il glissa sous ma jupe comme il l'avait fait le matin. Et une fois sa destination atteinte, il déploya avec audace ses doigts sur mon sexe.

— Tu es déjà trempée, Lily, marmonna-t-il.

Il décrivit des cercles sur mon sexe tout en exerçant une pression sur mon point le plus sensible. Je gémis sans pouvoir m'en empêcher.

Ce bruit le décida à se mettre en mouvement. Il me souleva dans ses bras, ferma la portière d'un coup de pied et se dirigea à grands pas vers la porte d'entrée. Une fois à l'intérieur, il me posa au sol et désactiva l'alarme.

— Reste ici, ordonna-t-il.

Il partit faire le tour de la maison pour vérifier que tout était en ordre, ce qui ne lui prit pas plus de cinq minutes. L'impatience m'avait coupé le souffle lorsqu'il descendit en courant l'escalier. Il s'immobilisa sur l'avant-dernière marche, les mains dans le dos.

— Viens ici, ordonna-t-il d'une voix rauque.

J'avançai vers lui d'un pas tremblant. Du haut de sa marche, il me dominait et mon regard se situait au niveau de son pantalon. Savoir ce qui se trouvait dessous était une délicieuse torture.

Il me regarda fixement puis désigna son sexe de la tête.

— Tu vois l'effet que tu me fais ?

Je hochai la tête.

— Que vas-tu faire pour y remédier ? demanda-t-il d'une voix enrouée.

J'avalai ma salive tandis qu'une multitude d'images érotiques me traversaient l'esprit. Toutes se finissaient avec mes mains sur le corps de Caleb. Je les posai sur son torse et sentis ses muscles durs sous mes doigts. Puis je les fis glisser sur son ventre, jusqu'à sa taille.

Tout en retenant mon souffle, je défis lentement sa ceinture. J'ouvris le bouton de son pantalon et enfin, je m'attaquai à la fermeture.

Il prit une longue inspiration. Son regard noir de désir suivait chacun de mes gestes. Sous l'effet de ses yeux pénétrants ou à cause de mon manque de confiance en moi, je me figeai, la bouche sèche et le souffle court.

Après un moment d'hésitation, je glissai ma main sous sa ceinture et enroulai les doigts autour de son sexe.

Je l'entendis siffler entre ses dents serrées. Il déglutit péniblement mais ne bougea pas d'un pouce. Je tirai sur son pantalon et son caleçon pour exposer ce sexe qui avait nourri mes fantasmes les plus débridés toute la journée.

Je le caressai une fois. Puis deux. Il durcit encore plus et je le sentis vibrer dans ma main. Encouragée par sa réaction, je le serrai plus fort tout en le caressant.

Un grognement monta du fond de la gorge de Caleb. Il plongea les doigts dans mes cheveux.

— Oh ! c'est si bon, Lily.

Je m'approchai encore et humai son parfum enivrant. Mais ce n'était pas assez. J'en voulais plus. Je brûlais de le dévorer. Je tirai d'un coup sec sur son pantalon et pris tout son sexe dans ma main. Il grogna de nouveau et j'aperçus une perle luisante au sommet de son membre.

Je le goûtai du bout de la langue et Caleb se cambra vers moi. Je voulus le goûter de nouveau mais ses doigts se crispèrent dans mes cheveux et il me repoussa.

— Non.

Le mot avait jailli malgré lui de sa gorge.

Je serrai les doigts autour de lui et sentis son ventre se crisper.

— Caleb… J'ai envie de te sentir dans ma bouche.

Ce matin, je n'avais pas étanché ma soif. J'en voulais plus.

Il frémit mais secoua la tête.

— J'aimerais beaucoup que tu le fasses, ma chérie, mais pas tout de suite. Je brûle t'être en toi.

Avant que je puisse protester, il me souleva de nouveau dans ses bras comme si je ne pesais pas plus lourd qu'une plume, pivota et s'élança dans l'escalier. Il longea à toute vitesse le couloir et ferma la porte de ma chambre d'un coup de pied impatient.

Il m'allongea au bord du lit. Puis, sans me quitter des yeux, il se débarrassa de sa chemise. Il était entièrement bronzé, sans le moindre duvet à l'exception de la bande noire qui allait de son nombril à son bas-ventre.

— Tu es si sexy, m'émerveillai-je sans pouvoir m'en empêcher.

Je le vis rougir et ses narines palpitèrent lorsqu'il retira ses chaussures.

— Continue à me parler comme ça et tu ne pourras plus marcher pendant une semaine, grommela-t-il.

Cette idée m'ôta ce qui me restait de volonté. Je m'affalai sur le lit en gémissant pathétiquement.

Caleb se pencha vers moi avec un sourire satisfait, puis posa son front contre le mien et m'obligea à me redresser sur mes coudes. Il s'empara ensuite de mes genoux et se cala entre mes cuisses avant de fondre sur ma bouche.

Son baiser était vorace. Il pétrit mes mollets puis descendit plus bas pour retirer mes chaussures. Il continua à m'embrasser tandis que ses mains faisaient le chemin inverse, remontant le long de mes cuisses pour s'aventurer sous ma robe. Il commença à faire glisser mon string puis, à mi-parcours, il étouffa un juron et le déchira d'un coup.

M'entendant retenir mon souffle, il sourit contre mes lèvres.

— Désolé, dit-il.

— Tu ne l'es pas vraiment, n'est-ce pas ? demandai-je entre deux baisers.

— Non, avoua-t-il.

Il aspira alors ma langue dans sa bouche en un geste qui me fit tourner la tête.

Bon sang, cet homme savait embrasser. Lorsqu'il s'écarta, j'étais déjà incapable de respirer. Il sortit des préservatifs de sa poche arrière et les jeta sur le lit.

Je contemplai les sachets en me demandant si j'aurais la chance de les avoir tous utilisés au petit matin. Juste à ce moment, Caleb écarta mes cuisses et se mit à genoux devant moi. Complètement captivée, je le regardai faire glisser sa langue à l'intérieur d'une cuisse, puis de l'autre, tout en restant soigneusement éloigné de mon point sensible et palpitant.

— Laisse les lumières, demanda-t-il. Je veux pouvoir te voir correctement, dit-il en mordillant délicatement ma chair.

Un frisson de plaisir parcourut mon corps. Il me fallut quelques instants pour m'apercevoir que la seule lumière qui éclairait la pièce était celle de mon dressing, réglée pour s'allumer automatiquement à la tombée de la nuit.

Je soufflai pour reprendre mon souffle.

— Lumières, dis-je d'une voix éraillée.

Rien ne se passa. Je m'éclaircis la gorge.

— Lumières, répétai-je.

Mes lampes de chevet s'allumèrent doucement, repoussant les ombres. Et m'exposant au regard avide de Caleb. Il me fixa longuement, bouche bée.

Je me tortillai d'impatience.

— Caleb…

— Chut. Laisse-moi un moment, dit-il d'une voix râpeuse.

Un moment pour quoi ? Je m'agitai de plus belle.

Il leva ses prunelles incandescentes vers moi.

— Tu es si exquise, Lily.

L'excitation et l'admiration vibraient dans sa voix.

À cet instant, je compris qu'il était possible d'avoir un orgasme rien qu'en se parlant de manière excitante. Mais il y avait autre chose car mon cœur battait dans ma poitrine d'une manière aussi étrange que terrifiante.

Ce n'était que du sexe. Mon cœur ne devait pas… ne pouvait pas être impliqué. C'était impossible.

La peur se mêla au plaisir lorsque sa langue se posa sur mes chairs brûlantes et humides.

Cette caresse était si douce. Si délicieuse.

Je m'effondrai sur le lit, les yeux tournés vers le plafond. Il répéta sa caresse plusieurs fois puis il écarta plus largement mes cuisses et revint poser sa bouche sur moi.

Caleb était un amant expérimenté. Il utilisa chaque partie de ses lèvres sur moi jusqu'à me rendre folle de plaisir.

— S'il te plaît, Caleb, implorai-je lorsqu'il

m'amena vers le point de non-retour pour la énième fois avant de se retirer.

J'agrippai ses cheveux et me raidis en le sentant s'écarter.

— Fais-moi jouir, je t'en supplie.

— Bon sang, grogna-t-il contre moi juste avant de m'aspirer dans sa bouche.

Mon corps se tendit comme un arc et mes jambes tentèrent de se fermer tandis qu'un feu d'artifice explosait derrière mes paupières closes. Caleb maintint mes jambes largement écartées tout en m'accompagnant tout au long de cet orgasme frénétique qui semblait ne jamais vouloir prendre fin.

J'étais encore prise de convulsions lorsque je le sentis tirer sur la fermeture de ma robe pour l'enlever.

— Caleb…, soupirai-je.

— Je suis là, ma chérie. Attends.

Sa voix était tendue.

J'entendis le bruit d'un papier qui se déchire puis Caleb siffla en enfilant le préservatif. Une seconde plus tard, il se coucha sur moi. Il passa un bras autour de ma taille et me remonta sur le lit.

— J'attends ce moment depuis que je t'ai vue, avoua-t-il en léchant le bout de mon sein.

J'enfonçai les ongles dans ses épaules tandis qu'une nouvelle vague de plaisir déferlait sur moi.

— Moi aussi.

Il sourit d'un air satisfait.

— À quel point me désirais-tu ?

La question se coinça dans sa gorge. Il effleura

de nouveau ma peau avec ses dents, comme pour imprimer sa marque sur moi. Je n'allais pas m'insurger pour une petite morsure.

— Hum…

Il fit une pause et contempla ma gorge.

— Tu voulais me sentir en toi, même quand tu me rabrouais, n'est-ce pas ?

Je remuai, à la fois honteuse et impatiente.

— Oui !

— Ne t'inquiète pas. Tu vas avoir ce que tu veux.

Puis il passa des discours aux actes.

En appui sur une main, il posa l'autre sur mon sein, puis sur mon ventre frémissant en direction de mon sexe. Il glissa deux doigts en moi tout en observant ma réaction.

Son visage se crispa lorsque je poussais un petit cri.

— S'il te plaît, Caleb, je suis prête. N'attends pas.

Il serra les dents mais il continua de me pénétrer avec ses doigts avant de soulever ma jambe et d'approcher son sexe à l'entrée du mien.

Avec une lenteur insoutenable, il s'introduisit en moi et me remplit, au point de me faire mal.

— Bon sang, tu es tellement étroite.

Il se retira et poussa de nouveau ses reins en avant. Je me mordis les lèvres pour ne pas crier.

Il se figea.

— Lily ?

Je secouai la tête.

— Tout va bien.

— Tout ne va pas bien. Tu es si menue, dit-il d'une voix tendue.

J'enfonçai les ongles dans son dos.

— Ne t'arrête pas ! suppliai-je. S'il te plaît, ne t'arrête pas.

J'enroulai les jambes autour de sa taille et soulevai les hanches pour aller à sa rencontre. La douleur et le plaisir fusionnèrent et je poussai un cri de bonheur.

— Encore, implorai-je.

Une lueur de doute traversa le visage de Caleb avant de se muer en autre chose. Quelque chose de chaud, de dangereux, qui me garantissait qu'il allait m'envoyer sur une autre planète. Cela m'excita encore plus. Caleb le sentit lors du coup de reins qui suivit, lorsque son sexe s'enfonça plus loin.

Un rugissement jaillit de sa gorge.

— Bon sang, tu es incroyable.

Je me redressai sur un coude et plaquai ma bouche sur la sienne, l'espace d'un instant torride, avant de me laisser tomber en arrière.

— Encore, s'il te plaît, Caleb.

Il n'eut pas besoin que je l'encourage plus. Il me fit l'amour jusqu'à ce que ma vision se trouble et que mon cœur menace de bondir hors de ma poitrine. Jusqu'à ce que nos sueurs se mélangent et que mes cris se mêlent à ses grognements rauques.

Une dernière série de coups de reins me fit oublier la réalité et je m'évanouis de plaisir. J'ignore combien de temps je restai ainsi. Lorsque je refis surface, le sexe de Caleb était toujours en moi, dur et brûlant.

La tension raidissait son corps et une fine couche de sueur couvrait sa lèvre supérieure.

— T'ai-je déjà dit à quel point j'aimais te voir jouir ? demanda-t-il d'une voix rauque.

Je secouai la tête, stupéfaite par sa capacité à se contrôler.

— Eh bien c'est vrai. Je pourrais te regarder toute la journée.

Il se remit à bouger en moi.

— Oh ! Seigneur. Je ne peux plus…

Il m'embrassa fugacement, durement.

— Enroule tes jambes autour de ma taille et donne-m'en un de plus, ma chérie. Un seul.

Il me suivit tout de suite après mon dernier orgasme en rugissant de plaisir. Je dus également m'évanouir juste après.

Lorsque je revins à moi, j'étais allongée dans ses bras. Le menton de Caleb était posé sur ma tête. Je caressai son torse d'une main tremblante.

— Caleb ?

— Hum ?

— Je… ne peux plus bouger.

Un rire grave et doux jaillit de sa gorge.

— Tout va bien. Moi non plus, je ne peux plus bouger.

Une note joyeuse résonna dans ma tête et dans mon cœur, premier indice que j'avais laissé un virus apparemment inoffensif s'introduire dans mon être et mettre en péril mon existence.

Car en glissant dans le sommeil, j'acceptais sans l'ombre d'un doute que Caleb ne quitte pas mon lit.

Ni ce soir.

Ni demain.

Ni jamais.

12

Caleb

Il était 7 heures du matin et j'étais réveillé depuis une heure. Il fallait que je me lève, que je fixe clairement les limites en retournant dans ma chambre.

Les tendres embrassades ne m'intéressaient pas. Je ne dormais jamais dans le lit d'une femme. Pire encore, je ne me réveillais jamais dans sa chambre et je m'y attardais encore moins.

Pourtant, j'étais incapable de bouger.

Je ne savais plus où se situaient les limites. J'avais donné le feu vert à Lily pour qu'elle les fasse bouger, et je venais de les faire disparaître complètement en dormant avec elle.

Bon sang, je n'avais fait qu'effleurer la surface de mon désir pour elle. Je n'étais pas rassasié d'elle. De sa peau douce et satinée. De son odeur. De la manière dont ses paupières bougeaient quand elle dormait.

J'expirai doucement, réticent à l'idée de la

réveiller, même si mon sexe semblait de nouveau frais et dispos.

Je n'avais pris qu'une seule dose de Lily et j'étais déjà accro. Suffisamment pour rester dans son lit et me délecter de son corps menu enroulé autour du mien, attendant qu'elle se réveille pour pouvoir l'honorer de nouveau.

J'étais pourtant un peu désarçonné d'avoir passé une première nuit sans cauchemar depuis des années. Les images hachées et traumatisantes qui d'habitude me hantaient, et qui me rappelaient à quel point j'avais échoué à sauver ma mère, étaient tellement inhérentes à ma personne que j'avais fini par accepter leur présence.

La nuit dernière, elles ne s'étaient pas imposées à moi. J'avais beaucoup de mal à imaginer que Lily ait un rapport avec cela. Que quelque chose d'aussi simple que quelques confidences sur notre passé ait pu produire ce résultat.

C'était absurde, non ?

Je me remémorai soudain d'autres moments avec elle, comme sa douleur lors de notre premier repas au restaurant. Ses larmes lorsqu'elle m'avait parlé de son beau-père. Sa vulnérabilité à l'idée qu'une personne de son équipe soit en train de saboter son travail.

Après l'enfance que Lily avait passée, beaucoup de personnes auraient coupé les ponts avec leur famille et se seraient repliées sur elles-mêmes.

Je n'étais pas surpris qu'elle ne l'ait pas fait.

Stephen Gracen avait l'habitude de se percher

sur le tabouret de son bar préféré, un pub irlandais, tous les jours avant midi. Il y restait jusqu'à la fermeture, et sa note était payée grâce à l'argent que lui rapportait le talent de sa belle-fille. Le gars que j'avais envoyé à Boston pour enquêter sur lui m'avait dit que Gracen ne lui avait pas vraiment dit du mal de Lily, mais qu'il ne s'était pas non plus répandu en compliments.

Gracen était soit trop amer, soit trop stupide pour voir la perle rare qu'était sa belle-fille.

Par le passé, j'avais déjà eu l'occasion de rencontrer des types qui s'imaginaient être les rois du monde sous prétexte qu'ils étaient capables d'écrire quelques lignes de code pouvant surprendre le commun des mortels.

Pendant ces derniers jours, j'avais découvert que Lily, en plus d'être une femme intelligente qui aurait dû être payée des millions pour ses compétences professionnelles, n'avait rien d'une princesse capricieuse.

Elle était aimable et attentionnée.

Et elle avait partagé ses peines les plus intimes avec moi.

Prises séparément, elles pouvaient sembler mineures, mais mises bout à bout, elles devenaient énormes. Tout comme le fait d'avoir placé sa confiance en une autre personne.

Quand avais-je accepté de devenir cette personne ?

Je lorgnai vers la porte de la chambre en me

demandant encore une fois pourquoi je ne me dépêchais pas de partir.

Parce que je voulais la même chose d'elle.

Une vive douleur dans ma poitrine répondit à cette petite voix.

Je m'agitai de nouveau pour me débarrasser du désarroi qui s'était emparé de moi.

C'est pour cette raison que je ne versais pas dans les sentiments. Jusqu'à présent, chacune de nos rencontres en était empreinte, même celles où Lily avait accepté de m'aider à lui ôter son stress sexuellement parlant. J'avais l'impression d'avancer sur un champ émotionnel miné qui d'ordinaire m'aurait fait prendre la fuite.

Je serrai les dents. Je l'aimais bien. Beaucoup, même. Mais les sentiments et les galipettes ne faisaient pas bon ménage. Point à la ligne.

Lily s'étira contre moi. Je baissai les yeux et la vis me regarder d'un air songeur. C'était ce même regard qu'elle m'avait lancé avant de me soutirer des secrets hier, dans la voiture.

— Tu as l'air vraiment… sérieux.

Ses prunelles se teintèrent d'un éclat interrogateur et méfiant, porteuses de ce malaise et de tous ces écueils qui survenaient, invariablement, après une folle nuit de sexe.

— Pour un génie, je m'attendais à plus d'éloquence, dis-je sur un ton volontairement léger.

La main de Lily glissa de ma taille à mon torse, même si son regard restait sombre et pénétrant.

— D'accord, et que dirais-tu de cela ?

Sa cuisse effleura mon sexe tendu.

— As-tu posé l'un de mes sex-toys sur tes genoux ou bien es-tu extrêmement heureux de me voir ? ajouta-t-elle avec malice.

Le sexe. C'était quelque chose que je savais gérer. Lui parler de ma mère et de la façon dont j'aurais pu la ramener à la vie en une fraction de seconde, si j'avais pu faire les choses différemment. Lui confier que j'aurais dû appuyer plus fort, crier plus fort, jusqu'à ce que quelqu'un m'entende et qu'elle reçoive l'aide dont elle avait besoin, était une chose que je ne pouvais pas faire.

Je souris pour dissiper mon trouble et chasser mes émotions, puis je roulai sur Lily et glissai deux doigts sous son ras-de-cou que nous n'avions pas eu le temps d'enlever la veille.

— Je peux te l'écrire si tu veux, mais sache que je viens de révoquer les privilèges de tes petits amis électriques pour un temps indéterminé. À partir de maintenant, c'est moi qui m'occupe de satisfaire tes moindres désirs.

Mes paroles avaient un accent définitif qui déclencha une nouvelle vague de malaise en moi.

Une ombre traversa le regard de Lily juste avant qu'elle baisse les paupières et qu'elle me dissimule son expression. Lorsqu'elle leva de nouveau les yeux vers moi, ils ne contenaient plus qu'une promesse vibrante et sensuelle.

— Si cela doit être au moins aussi bon qu'hier soir…

J'effleurai ses lèvres et la taquinai même si je rêvais de la dévorer.

— Il vaut mieux ne pas me mettre au défi, sans quoi je serai forcé de te donner une démonstration.

Son souffle s'accéléra. Je sentis son pouls battre contre mes doigts.

— Oui, s'il te plaît.

Avant qu'elle finisse de parler, je glissai ma langue entre ses lèvres et lui donnai un avant-goût éclatant de ce qui allait suivre.

Elle gémit en enfonçant les doigts dans mon dos. Mon membre se raidit et vint se caler entre ses cuisses. Lorsque je sentis son sexe humide et impatient, ma vision se troubla.

Pour la première fois de ma vie, je me demandai l'effet que cela me ferait de prendre une femme sans préservatif, peau contre peau. De jouir en imaginant qu'une nouvelle vie pouvait être conçue…

Bon sang, qu'est-ce qui n'allait pas chez moi ?

Je m'écartai de ses lèvres et m'efforçai de retrouver la raison avant de commettre un acte insensé, comme de lui demander si elle prenait la pilule. Si elle l'avait déjà fait avec un autre homme comme je rêvais de le faire.

Un sentiment de jalousie irrationnel s'empara de moi et vint rejoindre le tumulte de mes autres émotions. La main qui pétrissait la superbe poitrine de Lily se tendit.

Lily retint son souffle.

— Caleb ?

La confusion se mêlait au désir dans sa voix.

Il fallait que je me ressaisisse !

Je déposai un baiser contrit sur sa bouche.

— La douche ou la piscine ?

Au cours de l'heure où j'avais attendu qu'elle se réveille, avant que des pensées troublantes viennent gâcher ma bonne humeur, j'avais dressé la liste de tous les endroits où je rêvais de lui faire l'amour.

Elle cligna les paupières avant de murmurer :

— La douche.

Quelle chance. Je ne croyais pas être capable d'arriver jusqu'à la piscine.

Je la pris dans mes bras, saisis un préservatif puis me dirigeai vers la salle de bains. Comme dans la mienne, j'y trouvai une vaste baignoire en cuivre sur pieds, et une douche séparée.

Je serrai Lily contre moi en tournant le robinet de la douche, puis je réglai la température. Lorsque mes mains glissèrent de ses fesses à sa taille pour la poser sur le sol, Lily enroula les mains autour de ma nuque et me força à la regarder en face.

— Tout va bien, Caleb ? demanda-t-elle d'un air un peu hésitant.

Bon sang, non, je n'allais pas bien. Mais je n'étais pas prêt à lui expliquer ce qui me tourmentait tant.

— Tu as pris ton temps pour te réveiller. Cela fait plus d'une heure que je m'impatiente, esquivai-je, m'attaquant à sa poitrine et la léchant sans relâche.

La tactique fonctionna. Lily renversa la tête en arrière et gémit de plaisir. Je continuai de la caresser tout en la plaquant contre le mur et contemplai le jet d'eau qui éclaboussait sa gorge et roulait sur son corps. Je n'avais jamais rien vu d'aussi beau.

Elle émit un autre son, terriblement innocent et sexy, et je ne pus m'empêcher de presser ma bouche sur la sienne et de glisser ma langue entre ses lèvres pour le dévorer.

Je laissai une main glisser vers son ventre, jusqu'à son sexe déjà humide, avant d'y insérer deux doigts.

Elle s'agrippa à mes cheveux en haletant.

— C'est bon ? demandai-je contre sa bouche.

— Très, très bon, gémit-elle.

Je la pénétrai doucement, à un rythme régulier, jusqu'à ce que ses cuisses se mettent à trembler. Jusqu'à ce que ses cris résonnent sur les parois fumantes de la douche.

J'en profitai pour enfiler le préservatif et la retourner face au mur.

— Pose tes mains à plat contre le mur et cambre-toi pour moi, mon petit ange.

Un sourire étira ses lèvres.

— Je vois que tu recommences à m'affubler de petits noms.

— Je ne t'ai jamais promis d'arrêter. De plus, tu pourrais conduire un homme à sa perte.

Elle me lança un regard sensuel par-dessus son épaule.

— Un seul homme ?

Un aiguillon me traversa.

— Très bien. Tu pourrais me conduire jusqu'aux portes de l'enfer. Est-ce ce que tu voulais entendre ?

Elle fouilla mon regard.

— Peut-être.

Je saisis le ras-de-cou et m'en servis pour amener sa tête vers moi.

— Tu ne te cambres pas assez. Ai-je besoin de te fesser pour que tu obéisses ? grognai-je contre sa gorge.

Je vis son corps trembler. Puis, avec un long mouvement sensuel digne d'une sirène, elle s'arc-bouta jusqu'à ce que ses fesses viennent parfaitement encadrer mon sexe.

Je baissai les yeux et faillis perdre la tête.

— Bon sang, Lily. Tu sais exactement ce qu'il faut faire pour me rendre fou.

Pour toute réponse, elle se hissa sur la pointe des pieds.

— Prends-moi, Caleb.

Je m'emparai sans ménagement de ses hanches et la pénétrai d'un seul coup de reins.

Elle cria, ce qui me rendit encore plus fou. J'en oubliai de respirer, de penser. J'oubliai tout à l'exception de ce besoin de me perdre en elle, encore et encore.

— Oui, encore ! haleta-t-elle, folle de plaisir.

— Tu es une femme avide, n'est-ce pas ? Tu en veux toujours plus.

Ses doigts se recroquevillèrent contre le carrelage de la douche.

— Ne t'arrête pas, s'il te plaît, ne t'arrête pas.

Elle continua de m'implorer. Je lui donnai tout jusqu'à ce que nous fûmes sur le point d'exploser.

Elle se redressa et couvrit la main que j'avais posée sur son collier, les yeux rivés sur les miens.

— Plus fort.

Un peu choqué et plus excité que jamais, je glissai un autre doigt sous l'étroit ruban.

Lily commença à jouir. Interminablement. Les muscles qui me serraient exigeaient de moi un total abandon. Je m'efforçai de ne pas perdre la tête, pour pouvoir la contempler le temps d'une bouleversante seconde. Perdue dans son extase, elle était de toute beauté.

À cet instant, juste avant que mon univers implose, je voulus figer le temps afin que cet instant merveilleux ne se termine jamais.

Merveilleux. Qui faisait vibrer mon âme. Et empreint de sentiments.

Le frisson qui me parcourut ensuite n'avait rien à voir avec mon orgasme phénoménal et tout à voir avec les émotions qui menaçaient de faire basculer mon centre de gravité.

Stop !

Le sévère avertissement ne m'empêcha pas d'embrasser les cheveux de Lily et de caresser son dos avant de me retirer. Nous nous retranchâmes tous les deux dans le silence car les mots étaient devenus superflus. Je retournai ensuite Lily vers moi et dirigeai le jet d'eau sur nous deux.

Son regard était encore perdu dans le vague mais lorsque je posai la main sur la fermeture de son collier, elle me scruta.

Je me figeai en attendant qu'elle parle.

Ses narines frémirent et elle prit une courte inspiration.

— Je… voulais que tu saches… Je n'ai jamais rien fait de tel avant, murmura-t-elle. J'étais…

Je posai un doigt sur ses lèvres et me délectai de la décharge électrique qui me traversa.

— Tu n'as pas besoin de te justifier, ma chérie. Si cela peut t'aider, l'effet que cela a eu sur toi était tout aussi fantastique pour moi.

Elle s'empourpra violemment, puis prit ma main et embrassa mes doigts.

Ce geste était étonnamment tendre. L'espace d'une seconde, je voulus y succomber.

Je revins à ma tâche et défis son collier. Des marques rouges encerclaient son cou qui portait désormais l'empreinte parfaite du motif en dentelle. Je l'effleurai de mes lèvres, toujours aux prises de ce cycle infernal dont je ne pouvais me libérer. En constatant que la vue de cette marque m'excitait, je me sentis un peu pervers.

Le gel douche que j'avais pris avait le même parfum que Lily. Je la lavai de la tête aux pieds, m'attardant à certains endroits qui la firent haleter.

Puis elle tendit la main pour que je lui donne le flacon. Je posai mes paumes contre le mur au-dessus de sa tête. Elle venait à peine de laver mon torse que mon érection était revenue.

Je ne la pris pas dans mes bras. J'avais besoin de quelques instants pour me recentrer, m'assurer que je pouvais sortir de ce qui venait de se passer entre nous avec toutes mes facultés intactes.

Lorsqu'elle se mit à genoux, je fermai les yeux et serrai les dents, tandis que ses petits doigts coquins lavaient entièrement mon sexe avant de s'égarer plus bas.

J'étais tellement absorbé par l'idée de ne pas la prendre dans mes bras pour une autre étreinte passionnée que je ne m'étais pas aperçu qu'elle était passée sous mon bras pour laver mon dos. Je l'entendis retenir son souffle.

Bon sang. La cicatrice.

Elle caressa tendrement mon omoplate gauche à l'endroit où la balle m'avait touché.

— Que s'est-il passé ? demanda-t-elle.

Sa compassion me toucha et affaiblit un peu plus mes solides défenses. Mon haussement d'épaules n'avait pas la désinvolture voulue lorsque je me tournai vers elle.

— Un client à la gâchette facile. Sortons de là. Je te raconterai toute l'histoire en prenant le petit déjeuner.

Elle parut déçue mais ne dit rien. Je me rinçai et saisis une serviette de toilette. Une fois dans la chambre, je rassemblai mes vêtements, conscient de son regard de plus en plus circonspect.

Je réprimai le besoin de la rassurer. C'était mieux ainsi. Je n'étais pas prêt à ouvrir une boîte de cœurs et de fleurs. Même si un jour, j'en avais possédé une, elle avait été ensevelie sous la réalité des promesses répétées. Toutes celles que l'on m'avait faites pour aider ma mère et qui avaient été rompues dans l'indifférence.

Puis Kirsten était arrivée dans ma vie et avait enfoncé un peu plus profondément le clou.

Je ne voulais pas lui tenir un discours mensonger ou la rassurer avec de fausses paroles.

— On se retrouve en bas dans dix minutes ?

Elle cligna les yeux puis hocha la tête.

Je m'en allai en me doutant que le mot « salaud » occupait à présent l'esprit de Lily. Je claquai la porte de ma chambre et me figeai. Aurais-je pu mieux gérer la situation ?

Non. Peut-être. Les minutes passèrent et je l'entendis passer devant ma porte.

Bon sang. Je m'habillai avec un empressement que je ne comprenais pas et dévalai l'escalier pour trouver Lily devant la porte d'entrée. Elle portait un T-shirt noir qui s'arrêtait à la lisière d'un short en cuir. Ce même short dévoilait une partie indécente de ses jambes. Elle portait un maquillage minimaliste, mais ses yeux étaient soulignés de noir et ses lèvres brillaient d'un léger éclat rose. Elle avait remis ses manchettes ainsi qu'un tout nouveau collier ras-de-cou, plus large.

Bon sang, si elle voulait me torturer, son manège fonctionnait. Elle était phénoménale.

Je me mordis la langue et aperçus les clés dans sa main. Elle était habillée pour sortir.

— Où vas-tu ?

Elle leva le menton.

— Prendre le petit déjeuner. Où veux-tu que j'aille ?

— Lily…

— Oh ! et c'est moi qui conduis cette fois, dit-elle en faisant tinter les clés. Tu peux venir avec moi ou me suivre.

Avec mon jean et mon T-shirt, j'étais habillé pour sortir mais dans tous les cas, je l'aurais suivie. Elle sortit et se précipita vers le garage.

— Lily, nous pouvons en parler…

— Non, je ne crois pas, glapit-elle. Et si tu t'imagines que tu peux me contraindre physiquement, je suis prête à t'arracher les yeux.

Je la croyais, mais je la suivis dans le garage en secouant la tête.

— Désolé, c'est impossible, ma chérie. Si je perçois le moindre signe de danger, je deviens très physique, tu peux compter sur moi.

Je la laissai me fusiller du regard l'espace de cinq secondes avant qu'elle ouvre la porte de sa Mini. Elle se glissa derrière le volant. Je contournai la voiture en murmurant une prière, puis me contorsionnai pour m'asseoir sur le siège passager.

Elle conduisit vite, sans jamais dépasser les limites autorisées, et avec une certaine fermeté. Quant à moi, elle m'ignora complètement. Nous passâmes devant plusieurs cafés respectables avant qu'elle s'arrête devant un bistro huppé. Elle me surprit en dépassant le parking pour se diriger vers la file des ventes à emporter. Un food truck rutilant offrait de merveilleux plats cuisinés, du bacon, des fromages et tout ce dont on pouvait rêver.

Il était tenu par deux garçons et une femme. La femme sourit en voyant Lily.

— Salut, ma grande.

Elle lui tendit deux gros sacs en papier estampillés avec le logo du bistro.

— Merci, répondit Lily.

Je posai les sacs sur le siège arrière et saisis mon portefeuille mais elle avait déjà démarré.

Je choisis de garder le silence tout en évitant de loucher sur les jambes de Lily. Dix minutes plus tard, elle se gara sur un terrain vague bordé d'un grand mur. Elle se gara en plein milieu, à côté d'un banc, et éteignit le moteur.

Je sortis avec les sacs de nourriture et regardai autour de moi.

— Où sommes-nous ? demandai-je.

— Autrefois, c'était un cinéma en plein air.

Elle fouilla dans le sac et commença à sortir la nourriture. Du bacon. Des bagels. Du fromage à tartiner et du café.

Je n'avais pas faim du tout mais j'acceptai le café. Elle ajouta dans le sien du lait et du sucre, en but une gorgée et le posa.

— À qui appartient cet endroit ? demandai-je.

— Pour l'instant, à son propriétaire d'origine. Le mois prochain, il sera peut-être à moi.

Je désignai la nourriture d'un signe de tête.

— Pourquoi le drive-in ? Pourquoi nous avoir emmenés ici ?

Elle regarda fixement son café, puis elle haussa les épaules.

— Ton équipe n'a pas le temps d'inspecter le bistro, et je savais que je pouvais être seule ici.

Je. Pas *nous*.

J'attendis une seconde.

— Tu es fâchée.

Elle pinça les lèvres.

— On devrait te décerner une médaille.

Je serrai les dents.

— Ça suffit. Tu as fait passer le message avec ta petite crise.

Un éclair de colère traversa son visage. Je la vis se contenir.

— Très bien. Parle-moi, alors, Caleb. Essaie de me convaincre que je ne viens pas de faire l'amour avec un salaud qui ne veut même pas se donner la peine de me parler après avoir couché avec moi.

— Seigneur…

— Laisse-le en dehors de tout cela. C'est une affaire entre toi et moi.

Étrangement, j'avais envie de sourire. Mais son beau visage était assombri par une douleur qu'elle essayait de cacher. Je passai la main sur ma barbe naissante.

— Pour tout te dire, ce que nous avons fait m'a… stupéfait.

Le choc remplaça la douleur, et son expression se radoucit. Après une longue minute, elle hocha la tête.

— Moi aussi, murmura-t-elle en rougissant violemment.

— D'accord, maintenant que ce point est réglé,

que puis-je faire pour que tu te sentes moins… contrariée ?

Elle prit un bagel, en coupa un bout mais ne le mangea pas.

— J'ai envie de te connaître, Caleb. Dis-moi quelque chose.

Je pris une profonde inspiration.

— Tu sais que j'ai grandi dans le quartier le plus dur de Los Angeles.

Sa main trembla lorsqu'elle me regarda, les yeux grands ouverts.

— Oui. Était-ce après avoir perdu ta mère ?

Bon sang. J'envisageai d'éluder le sujet au risque de la blesser de nouveau, et je fis la moue.

— C'était avant. Et après. Ma mère était maniaco-dépressive. Elle n'avait que de rares moments de lucidité mais pendant les neuf premières années de ma vie, elle bénéficiait d'une assurance maladie et était suivie par un bon médecin qui lui prescrivait le traitement dont elle avait besoin.

— Caleb…

Je posai un doigt sur ses lèvres pour la réduire au silence.

— Je n'aime pas parler de cette histoire. Laisse-moi te la raconter une bonne fois pour toutes. D'accord ?

Elle me répondit par un petit hochement de tête.

Ma poitrine se serra tandis que mes souvenirs revenaient en force.

— Elle a perdu son emploi, avec l'effet domino classique. Plus d'assurance maladie, plus de domicile. Nous avons fini dans une maison de transition puis dans un foyer. Elle s'est enfoncée encore plus. J'avais onze ans lorsqu'on nous a attribué un logement à Trenton Gardens.

Lily fit la grimace mais je ne pouvais pas me laisser troubler par sa compassion.

— Mais il était trop tard, continuai-je. Elle avait perdu la volonté de…

Je pris une inspiration.

— J'étais devenu sa seule raison de lutter. Chaque fois que les services sociaux essayaient de m'emmener, elle se battait pour me garder. J'ignore ce qu'elle faisait, mais elle gagnait toujours. Ensuite, elle se laissait entraîner de nouveau vers le fond. Je ne pouvais pas l'aider. J'appelais tous les numéros d'assistance que je trouvais, j'écrivais des dizaines de lettres aux personnes susceptibles de nous aider. À deux reprises, elle a essayé d'attenter à ses jours. Chaque fois, ils la renvoyaient de l'hôpital à la maison avec une simple ordonnance. J'ai même mis en gage ses bijoux pour payer un rendez-vous chez un médecin du secteur privé. Les médicaments qu'il lui a prescrits l'ont aidée, mais quand j'ai appelé l'assistante sociale pour lui demander de lui en fournir d'autres, elle m'a… ri au nez.

Une colère et un désespoir comme je n'en avais pas connu depuis très longtemps montèrent en moi. J'ôtai ma main de celle de Lily et serrai mon genou avant d'inspirer de nouveau.

— La troisième tentative a été la bonne.

— Oh ! mon Dieu…

Les larmes roulèrent sur les joues de Lily. Je voulus lui demander de ne pas pleurer avant de me raviser. Je désirais sa douceur et sa compassion. Elles étaient comme un baume sur une blessure qui n'avait jamais cicatrisé. Verser des larmes pour ma mère figurait parmi les nombreuses choses que j'avais été incapable de faire. Peut-être celles de Lily suffiraient-elles à lui dire à quel point j'étais désolé de ne pas avoir été à la hauteur.

Lily se leva et vint s'asseoir sur mes genoux.

— Je suis tellement désolée.

Elle passa les mains derrière ma nuque et je me blottis contre elle en m'imprégnant de sa gentillesse. Et comme dans la salle de bains, je rêvai que ce moment ne se termine jamais.

Je ne voulais pas la laisser partir.

Ce qui était fou.

Nous ne nous connaissions que depuis une semaine. Et… Bon sang, je n'avais jamais été sentimental.

Je regardai autour de moi en grimaçant.

— Pouvons-nous continuer à la maison ? demandai-je en haussant les sourcils.

Mon expression lui arracha un sourire.

— L'endroit est trop exposé pour toi ?

— On peut dire ça, dis-je en baissant les yeux vers les sacs de nourriture. Le petit déjeuner est gâché, on dirait.

Elle haussa les épaules.

— Je n'avais pas très faim.

Je pris un air renfrogné.

— Quel gâchis.

Son sourire s'élargit et elle se leva.

— Nous pouvons continuer à la maison, déclara-t-elle.

Incapable de ne pas la toucher, je tendis les mains vers elle et remontai le long de ses cuisses.

— As-tu une autre proposition à me faire ?

Elle enfonça les doigts dans mes cheveux et me massa doucement le crâne.

— Si tu veux. Mais je ne fais pas étalage de mes compétences culinaires avec n'importe qui.

Je sentis une certaine douleur derrière ses paroles désinvoltes.

— Pourquoi cela ?

Elle détourna ses prunelles émeraude avant de les braquer sur moi.

— C'est à cause de mon beau-père. Lorsqu'il a accepté de me garder avec lui, en échange, il m'a obligée à cuisiner pour lui. Depuis, je déteste faire à manger.

Je caressai sa joue humide.

— Il ne mérite pas ton amour. Ni ta douleur.

Son regard s'embua.

— C'est difficile à oublier.

Elle avait raison. Je vivais dans la culpabilité et la colère depuis si longtemps que cela faisait partie de mon ADN.

— Je comprends.

— Caleb ?

— Oui ?

— Je pensais à une chose… Peut-être que ta présence a eu l'effet inverse de celui que nous espérions. Au lieu de se découvrir, mon harceleur a peut-être abandonné ?

— Désolé de te décevoir, mais les salauds comme lui ne disparaissent pas facilement. Je suis sur le point de l'attraper, fais-moi confiance. D'accord ?

Elle encadra mon visage de ses petites mains douces.

— D'accord.

Mes mains remontèrent plus haut et effleurèrent le dessous de ses seins. Le souffle de Lily s'accéléra.

— Rentrons, lui dis-je.

Elle acquiesça.

Nous jetâmes les sacs de nourriture dans une poubelle. Je fis la grimace en me pliant pour rentrer dans la voiture.

— Je dois aussi te punir pour cela lorsque nous serons de retour.

Elle écarquilla les yeux.

— Quelle est la première raison ?

— Me rendre complètement fou avec ce short, râlai-je en me contorsionnant pour cacher mon érection. C'était le but recherché, n'est-ce pas ?

Je vis ses joues rougir.

— Peut-être.

— Tu mérites une fessée.

Le désir contenu dans le regard de Lily balaya les dernières traces de tristesse et de douleur.

Lorsqu'elle s'arrêta à un feu rouge, mes yeux

glissèrent de ses cuisses minces vers son visage, puis ses cheveux.

— Tes cheveux ont toujours été de cette couleur ? demandai-je.

Elle secoua la tête.

— Non, ils étaient blond foncé.

Elle saisit une mèche de sa tempe droite.

— Cette partie a commencé à blanchir quand j'avais douze ans. Au début, cela me plaisait, puis je m'en suis lassée. J'ai préféré uniformiser toute ma chevelure.

— J'aime beaucoup cette couleur. Vraiment.

Elle planta son regard dans le mien et nous restâmes ainsi, reliés par un courant électrique d'une grande intensité. Le conducteur de la voiture qui nous suivait klaxonna avec impatience. Lily sursauta puis se mit à rire. Son rire était communicatif. Il effaça les tensions que nous avions vécues cette dernière heure. Nous restâmes d'humeur joyeuse jusqu'à notre retour à la maison. Puis je hissai Lily par-dessus mon épaule et franchis à la hâte la porte d'entrée en direction du salon.

Peut-être que… le fait de se confier à quelqu'un n'était pas si catastrophique, après tout.

Peut-être qu'enfreindre mes règles pour elle n'était pas la fin du monde.

Peut-être que…

Nous nous figeâmes en voyant l'écran de télévision s'allumer tout seul. C'était impossible. Pas sans une intervention électronique.

Soudain une pluie de 0 et de 1 vert fluo se mit

à ruisseler sur l'écran, et un visage masqué et couvert d'un capuchon noir apparut. Je poussai Lily derrière moi comme pour la protéger de la voix forte et discordante qui emplissait la pièce.

— Bonjour, Lily Gracen. Tout d'abord, félicitations. Nous sommes sur le point d'atteindre la perfection grâce à votre code. N'ayez pas peur. Je représente des parties désireuses d'établir un partenariat avec vous. Toutes mes excuses si nous vous avons un peu… embarrassée dernièrement. Mais je vous invite expressément à ne pas livrer votre code à SDM. Sinon, nous n'aurons pas d'autre choix que de rester dans votre vie un peu plus longtemps. Réfléchissez. Nous resterons en contact. Oh ! et dites à cet homme de retourner à Los Angeles. Il ne vous sera d'aucune utilité.

Le gémissement étranglé de Lily me transperça le cœur. Je m'avançai vers le téléviseur juste au moment où l'écran redevenait noir.

Une bruyante déflagration retentit dans la maison, suivie d'un étrange silence.

13

Caleb

— Qu'est-ce que tu fais ? demanda Lily d'une voix tremblante

— Nous partons d'ici.

Je repérai un sac de voyage et le lui donnai.

— Emporte ce dont tu as besoin, mais fais-le vite.

Elle saisit ma main.

— Caleb…

Je me tournai, les poings serrés, pris de l'envie de frapper sur quelque chose.

— Ce salaud a piraté tes systèmes, envoyé un signal et frappé ta maison avec une onde électromagnétique qui a privé toute la rue d'électricité. Tu ne peux pas rester ici. Pas tant que je n'aurai pas mis la main sur lui pour l'étrangler.

Elle eut le mérite de ne pas traîner. Elle fourra des vêtements dans le sac, y ajouta quelques affaires personnelles, puis s'empara de sa sacoche et de son sac.

Dix minutes plus tard, nous quittions la maison en voiture.

— Tes hommes ont fouillé les alentours. Ont-ils trouvé quelque chose ?

La présence de mon équipe m'avait un peu rassuré, mais pas assez pour refermer le gouffre béant qui s'était ouvert en moi à l'idée que dès l'instant où nous étions revenus dans la maison, nous étions devenus des cibles vivantes. J'en avais le souffle coupé. J'avais osé baisser la garde et contemplai avec horreur les conséquences.

— Caleb ?

Je repris mes esprits.

— Ils ont trouvé des traces de deux-roues derrière la maison.

Elle tressaillit en entendant la froideur de ma voix, mais ne dit rien pendant deux kilomètres.

— Où allons-nous ?

— À l'aéroport.

— Et ensuite ?

— Nous partons pour ma maison de Malibu, puis je t'emmènerai dans une demeure sûre à Lake Tahoe.

J'aurais dû le faire dès le début. Le fait de la ramener chez elle avait certes produit l'effet escompté et poussé son harceleur à se manifester, mais les effets collatéraux étaient graves. L'onde électromagnétique aurait pu être un gaz soporifique. Ou alors…

— Tu ne sais donc toujours pas de qui il s'agit ?

Je serrai le volant entre mes doigts.

— Non.

Elle ne dit rien de plus. Et moi non plus. J'étais trop occupé à imaginer les pires scénarios.

Il aurait pu arriver n'importe quoi à Lily.

À notre arrivée à l'aéroport, le jet était prêt. Nous décollâmes aussitôt. Je laissai Lily s'installer dans le fauteuil à l'avant de l'appareil et partis à l'arrière pour téléphoner à Maggie.

Elle répondit dès la première sonnerie.

— En quoi puis-je vous aider, chef ?

— J'ai laissé trois gars à Palo Alto pour débusquer ce bâtard. J'ai besoin d'une autre équipe dans la maison sécurisée de Reno.

— Je m'en occupe.

Je raccrochai puis parcourus mes contacts. J'appelai sans l'ombre d'un remords toutes les personnes qui me devaient un service. À notre arrivée à Los Angeles, j'étais de bien meilleure humeur.

Ma maison de Malibu se situait sur un escarpement qui surplombait une plage privée. L'héliport qui se trouvait sur ma propriété n'avait servi qu'en de rares occasions. Aujourd'hui, nous fûmes bien contents de nous en servir pour éviter l'épouvantable circulation de Los Angeles.

J'entrai chez moi en ralentissant le pas. La dernière fois que j'étais venu ici, je contrôlais pleinement mon univers, ne poursuivant qu'un seul but : toujours plus, toujours mieux.

En l'espace de sept jours, le sol s'était dérobé sous mes pieds et menaçait de me faire changer d'orbite. Tout cela à cause d'une femme époustouflante qui s'était arrêtée à côté de moi, éclairant de son regard mon espace ainsi que les biens qui témoignaient de ma réussite. Un désir violent de m'accrocher à elle s'abattit sur moi mais je le réduisis en pièces.

Plus question d'enfreindre les règles.

— Tiens bon. Je reviens tout de suite.

Je montai en courant dans ma chambre pour prendre les armes que je gardais dans mon coffre-fort.

Lorsque je descendis, Lily se tenait à côté de la fenêtre. Elle contemplait l'océan, les bras noués autour de son corps. Elle se tourna à mon approche.

— Nous ne pouvons pas rester ici ? demanda-t-elle.

L'envie de lui répondre par l'affirmative me tenaillait.

— Non. Cet endroit est assez sûr mais il est à mon nom. N'importe quel imbécile équipé d'un ordinateur peut le trouver. Je veux te mettre hors de portée.

Résignée, elle hocha la tête.

Nous sortîmes de la maison et regagnâmes l'hélicoptère.

— Chance doit être mis au courant.

Je grinçai les dents.

— Non, pas question. Il te reste encore du temps avant la date butoir. Et franchement, je n'ai pas envie de le savoir trop près de toi en ce moment.

De nouveau, elle ne réagit pas comme je m'y

attendais. Elle était choquée ou effrayée. Aucune de ces émotions ne me convenait.

— Lily…

Elle serra ses poings.

— Et s'il s'agissait d'une personne proche de moi ? Qu'est-ce que cela prouverait sur ma capacité de discernement ?

— Tu ne dois pas t'en vouloir.

La balle était dans mon camp.

— Comme tu ignores de qui il s'agit, c'est plus facile à dire qu'à faire, murmura-t-elle.

Je ne trouvai rien à répondre, aussi gardai-je le silence tandis que nous remontions à bord de l'avion et que nous décollions.

Nous ne trouvâmes pas vraiment de sujet de conversation pendant le vol.

Plusieurs fois, j'ouvris la bouche pour dire quelque chose, puis je me ravisai.

J'étais un homme action, peu doué pour les platitudes.

À l'arrivée, Maggie avait mis à notre disposition un autre SUV. Je me dépêchai de sortir de l'aéroport, un œil sur l'indicateur de radar fixé sur le tableau de bord. Je voulais rejoindre le chalet au bord du lac aussi vite que possible sans me faire arrêter par la police pour excès de vitesse.

Vingt minutes plus tard, je poussai un soupir de soulagement lorsque je repérai au détour d'un virage le chemin en terre qui conduisait au chalet de Knot Peaks. J'avais fait exprès de ne pas débroussailler le terrain. Il n'y avait aucun panneau indiquant la présence du chalet ou stipulant qu'il s'agissait d'une propriété privée, rien qui puisse attirer l'attention de voisins trop curieux. Les pins de Jeffrey qui bordaient le chemin et qui entouraient la propriété offraient le support idéal pour des caméras de surveillance et autres détecteurs d'intrus.

Je m'arrêtai devant le chalet, éteignis le moteur et me tournai vers Lily. Elle contemplait la bâtisse en bois qui allait devenir sa maison jusqu'à ce que j'aie identifié la personne qui la harcelait.

Mon regard passa de Lily à la demeure de deux étages. La bâtisse délabrée que j'avais achetée cinq ans plus tôt avait été agrandie. Pour sa rénovation, je n'avais pas regardé à la dépense et aujourd'hui, elle valait dix fois son prix.

Elle faisait partie des trois maisons protégées que je possédais dans le pays. Les quatre autres se trouvaient à l'étranger mais celle-ci était ma préférée. Les rares fois où j'arrêtais de régler les problèmes des autres, je venais me ressourcer dans ce chalet.

Mais il n'était pas question de répit, à présent. J'avais baissé la garde, j'avais fricoté avec une cliente et ce salaud en avait profité pour frapper.

Je bouillais de colère et de culpabilité lorsque j'ouvris la porte.

— Entre, dis-je à Lily en prenant son sac et en l'entraînant vers la porte d'entrée.

Un code alphanumérique, ajouté à une reconnaissance d'empreintes, déverrouilla la porte.

Les tapis disséminés à travers le vaste hall d'entrée sur le parquet ciré amortirent nos pas. Dans le salon, le plafond était couvert de poutres apparentes et la lumière filtrait par de vastes fenêtres tournées vers le lac.

J'allai poser le sac de Lily dans la chambre à coucher avant de revenir dans le salon. Elle se tenait à côté de la fenêtre, le regard perdu au loin. Elle n'avait pas lâché sa sacoche.

— Cette fenêtre est teintée, si bien que personne ne peut te voir de l'extérieur. Même la nuit, tu pourras admirer le lac. Cela t'aidera un peu.

Bon sang, j'avais l'air d'un agent immobilier.

Elle se tourna vers moi, le regard plein d'inquiétude.

— Cela m'aidera à quoi ?

Je haussai les épaules.

— Tout le monde n'aime pas être perdu au milieu de nulle part. Le lac te permettra de contempler quelque chose.

— Je n'ai rien contre cet endroit, répondit-elle, même si elle semblait avoir du mal à respirer.

Je détournai le regard de la peau lisse de son cou. Le fait d'avoir cédé à ces tentations insensées nous avait conduits ici.

— Parfait. Sur le plan de la sécurité, les portes extérieures sont en chêne massif. Il faudrait une très grosse hache ou des explosifs pour en venir à bout. Sur un demi-kilomètre, les bois qui nous entourent appartiennent à la propriété. Nous avons placé plusieurs pièges pour empêcher les intrus d'entrer.

Elle fronça les sourcils.

— Quel genre de pièges ?

— Du genre très efficace, dis-je entre mes dents, pour nous rassurer à la fois elle et moi.

Elle tressaillit puis fit la moue.

Je passai une main lasse sur mon visage et m'avançai vers elle. Chaque cellule de mon corps brûlait de la toucher. Mais j'avais déjà laissé beaucoup trop de sentiments personnels se mettre en travers de ma mission.

L'heure était venue de redevenir le froid et inaccessible Caleb Steele.

La mâchoire serrée, j'avançai vers les portes-fenêtres.

— Je dois vérifier la sécurité avec toi. Et te faire visiter le chalet pour que tu te familiarises avec les lieux.

— Pourquoi es-tu si distant ?

La question, émise d'une voix douce et étonnée, me fit l'effet d'un coup de poing. Je me raidis pour m'en protéger avant de me tourner vers elle.

— Tu voulais savoir ce qui m'était arrivé à l'épaule ? J'ai eu une liaison avec une cliente, Kirsten. Elle était actrice. C'était l'une de mes toutes premières clientes. Elle avait fait plusieurs choix malheureux par le passé. Le studio pour lequel elle travaillait menaçait de la renvoyer, à la suite de la réception de plusieurs photos d'elle très évocatrices. Elle m'a appelé à l'aide. Elle était belle et j'étais jeune et inconscient. De plus, elle me plaisait beaucoup.

Lily baissa les yeux et son regard fut traversé par une expression indéchiffrable.

— Lorsqu'elle a eu besoin d'une voiture, je lui ai donné la mienne. Lorsqu'elle a eu besoin d'un logement, je lui ai proposé d'emménager avec moi.

Un rire amer me brûla la gorge.

— Bon sang, je croyais vivre une vraie relation avec une femme. Jusqu'au moment où je l'ai trouvée au lit avec son réalisateur. J'ai cassé la figure de ce salaud et causé un grabuge qui a failli ruiner ma carrière naissante. Que m'a répondu Kirsten ? Elle s'est mise en colère, prétendant que je venais de gâcher ses chances de jouer dans un autre film. Elle a décrété qu'elle ne voulait plus que je fasse partie de sa vie avant de tirer sur moi pour tenter de me tuer.

Lily pâlit.

— Oh ! mon Dieu.

Je haussai les épaules, malgré la fureur, l'amertume et la colère qui bouillonnaient en moi.

— Heureusement pour moi, elle tirait très mal. Quoi qu'il en soit, sans le père de Ross, je serais encore occupé à régler les problèmes des gangsters de Trenton Gardens. Il m'a donné quelques conseils dont un que je venais de vérifier par l'expérience : ne jamais s'impliquer avec une cliente.

Un petit bruit horrifié jaillit de la gorge de Lily et mit mes nerfs à mal.

— Ainsi, tu crois que c'est… ma faute ? dit-elle d'une voix très basse.

J'ouvris la bouche pour nier, puis me ravisai. Elle était en partie responsable. À cause de sa douleur et de sa compassion, de son innocence, de son incroyable force intérieure face à l'adversité et de son superbe corps. Je l'avais dans la peau. Même maintenant, elle me rendait fou avec sa beauté à couper le souffle.

— Je pense avoir prouvé de manière concluante que les problèmes surgissent quand on enfreint les règles. Et puis, tu as aussi une mission à accomplir, n'est-ce pas ?

Elle retint son souffle, le regard assombri par le chagrin. Je lui tournai le dos. J'avais dit ce que j'avais à dire. Et je devais encore arrêter ce harceleur.

— Nous devons passer en revue la sécurité, maintenant.

Je franchis les portes-fenêtres à l'autre bout du salon et avançai sur le porche sans regarder si Lily me suivait.

Le ciel était d'un bleu limpide, et un air frais montait du lac. Tout était tellement idyllique.

Lorsque j'entendis les pas de Lily derrière moi, je descendis l'escalier en bois qui menait vers un jardin en pente. De l'eau coulait d'une cascade en pierre dans un bassin rocheux un étage plus bas et s'arrêtait dans un jacuzzi fumant. Je le dépassai en essayant de ne pas imaginer Lily plongée dans l'eau bouillonnante, complètement nue, tandis que le soleil levant illuminait sa peau.

Quelques heures plus tôt, j'aurais envoyé au diable la visite de la maison pour aller me coucher avec Lily. Mais mon cerveau embrumé par le sexe l'avait mise en danger.

Nous contournâmes le jardin avec ses hauts murs en pierre pour nous arrêter devant un portillon latéral.

— Il mène au lac et jusqu'à un bateau, au cas où tu devrais t'enfuir très vite. Il y a un code pour l'ouvrir.

Je lui énumérai les chiffres du code et je vis étinceler ses prunelles assombries par l'inquiétude. Je m'efforçai de ne pas le relever.

Après quelques instants, elle posa son pouce sur le panneau et le portillon s'ouvrit. Une odeur de pin et de terre nous enveloppa lorsque nous empruntâmes le chemin irrégulier. Nous marchâmes en silence jusqu'à la jetée.

— Tu as déjà conduit un bateau ?

— Non.

— Les clés sont cachées sous la sixième latte de bois… Juste ici.

J'essayai d'ignorer le contact de sa peau soyeuse en prenant son bras et lui montrai la cache.

— Elle est vissée mais assez lâche pour que tu puisses l'arracher à la hâte en cas de besoin.

Le bateau avait quelques années mais il était bien entretenu et son réservoir était constamment plein.

Elle bondit sur le pont avant que je puisse l'aider puis s'éloigna d'un pas. Je serrai les dents pour réprimer le malaise qui avait envahi ma poitrine et lui montrai le bouton d'allumage.

— Tu le tournes vers la gauche et tu le maintiens dans cette position. Le moteur devrait démarrer. Puis tu pousses ce levier. Tu n'as pas besoin de te soucier du reste.

— Ça paraît assez simple.

— Ça le sera moins si jamais tu paniques.

Elle devint livide mais acquiesça.

— Compris.

Nous regagnâmes la maison et je l'emmenai au sous-sol par une autre porte.

— Le code est le même que celui du portillon, mais à l'envers.

Elle me le récita aussitôt.

Bon sang, même en essayant de garder mes distances, je ne pouvais m'empêcher d'admirer son cerveau incroyable.

La vaste pièce qui faisait à la fois office de salle de jeux et de sport occupait presque toute la surface du chalet. Elle était aussi suffisamment indépendante du reste de la maison pour héberger les gardes du corps.

Je contournai les portes reliant l'étroit couloir à l'escalier qui montait tout au fond de la salle. Lorsque Lily me rejoignit, je poussai sur le quatrième panneau en bois. Une cloison d'un mètre cinquante s'ouvrit sur un petit escalier en colimaçon.

— Il mène directement à la cuisine. Après toi.

Elle monta d'un pas léger sur la pointe des

pieds. Je la suivis plus lentement, incapable de détourner les yeux de ses fesses qui avaient si merveilleusement accueilli mon sexe sous la douche le matin même.

Arrivée tout en haut, elle ralentit.

— Il y a un problème ? demandai-je d'une voix légèrement altérée.

Je m'arrêtai à deux marches d'elle. Nos yeux se trouvaient au même niveau. En me penchant en avant, j'aurais pu goûter sa bouche si tentatrice, pincée sous l'effet de la tension. Je serrai très fort les jambes en me rappelant que c'était à cause de mon sexe incontrôlable que nous étions ici.

— Tu n'as pas sorti ton sac de la voiture. Et tu m'as fait faire une visite détaillée des lieux. Pourquoi ?

Je sentis mon cœur se serrer.

— Parce que je vais retourner à Palo Alto.

— Tu t'en vas, dit-elle sur un ton froid.

Une terreur à laquelle je n'étais pas habituée envahit ma poitrine.

Je l'avais amenée à accepter que ce qui s'était passé entre nous était une erreur et maintenant que je lisais l'acceptation dans son regard, j'avais l'impression qu'une balle froide et dure venait de déchirer mes entrailles.

Je m'appuyai sur la rampe tandis qu'une autre vérité me frappait de plein fouet. Je lui avais demandé de me faire confiance. Et je n'avais rien fait pour me montrer à la hauteur.

Mes erreurs, que je m'étais rappelées quelques heures plus tôt, me laminèrent à nouveau.

Un rire amer monta dans ma gorge tandis que les mêmes schémas se répétaient.

Les missions dans lesquelles je n'étais pas impliqué sur le plan émotionnel rencontraient un taux de réussite proche de la perfection. Mais toutes les personnes pour lesquelles j'avais des sentiments me conduisaient à l'échec. Ma mère. Puis Kirsten. Et maintenant, Lily.

Car oui… J'avais des sentiments pour Lily. Et dire que je l'appréciais était très éloigné de la réalité.

Je rassemblai chaque parcelle d'émotion qui subsistait en moi et l'enterrai profondément. Puis je me forçai à acquiescer en sentant mon sang se glacer.

— Je ne peux pas trouver la personne qui te harcèle en restant ici avec toi. Je dois retourner là-bas pour provoquer quelques individus.

Ses prunelles, qui n'avaient plus le merveilleux éclat émeraude que j'aimais tant, s'assombrirent encore plus. Puis elle rassembla cette force que j'admirais tant chez elle et hocha la tête.

— Je vois. Il vaut mieux que tu partes alors.

Quelque chose qui ressemblait étrangement à de l'angoisse me parcourut et resta bloqué dans ma gorge.

J'eus beau m'en prémunir, elle se propagea à chaque cellule de mon être tandis que je regardais Lily se diriger vers le canapé et saisir sa sacoche.

— Lily.

Je prononçai son nom pour la simple raison que je ne pouvais pas supporter cette distance entre nous.

Elle me lança un regard impatient.

— Quoi donc ?

Je désignai le réfrigérateur.

— Tu n'as pas pris de petit déjeuner. Tu dois manger quelque chose.

Elle contempla le frigo d'un œil vide et fronça les sourcils.

— Je n'ai pas faim.

— Tu dois manger quand même. Il faut que…

— Je ne suis pas une enfant. Je suis capable de me nourrir si j'en ai besoin, je te remercie.

J'ouvris la bouche puis mon téléphone vibra. Je lus le message et sentis mon cœur chavirer.

Moi, l'homme d'action qui détestait les longs au revoir, j'étais bouleversé à l'idée que mon temps avec Lily Gracen était terminé.

— L'équipe chargée de ta sécurité vient d'arriver.

Elle hocha sèchement la tête lorsque je lui présentai ses trois gardes du corps. Deux d'entre eux partirent prendre leur poste autour de la maison et celui qui devait rester à l'intérieur avec elle à tout instant recula à une distance respectable.

— Autre chose ? demanda-t-elle froidement.

J'avais un millier de choses à lui dire mais toutes commençaient et se terminaient par le fait que j'avais failli à ma mission. Si bien que je ne répondis rien.

Lentement, son regard se fit glacial et son visage

se teinta de déception lorsqu'elle se dirigea fièrement vers la porte pour l'ouvrir brusquement.

— Au revoir, Caleb.

Le caractère définitif de ses dernières paroles résonna longtemps dans ma tête lorsque l'avion monta vers le ciel, m'éloignant d'elle à toute vitesse.

14

Lily

Il était parti.

Quarante-huit heures plus tard, je n'en revenais toujours pas de constater à quelle vitesse tout avait été réduit en miettes. Lorsque, la veille, Maggie m'avait appelée pour s'assurer que tout allait bien, j'avais dû me mordre la langue pour ne pas lui demander des nouvelles de Caleb.

À quoi bon ? Il m'avait reproché de l'avoir emmené sur un terrain où il ne voulait pas revenir. Et il avait raison. J'avais profité de notre alchimie insensée pour me prouver que j'avais le contrôle de la situation. Et au final, c'est moi qui étais à terre, blessée et anéantie par la douleur.

La vérité n'était pas difficile à accepter, contrairement à la souffrance qui l'accompagnait.

Je m'étais surprise à espérer. À avoir des sentiments.

Si seulement je n'avais pas laissé les moments où Caleb s'était montré tendre et protecteur se glisser dans mon cœur. Si seulement Caleb ne s'était pas confié à moi sur le terrain vague…

Si seulement notre phénoménale entente sexuelle ne m'avait pas laissé les nerfs à vif, chancelante et désirant l'impossible.

Depuis le début, Caleb m'avait prévenue que le sexe n'était pas possible entre nous tant que je serais sa cliente. Je l'avais pris comme un défi.

Le chagrin me prit entre ses griffes. Mon cœur se serra et je clignai des paupières pour faire cesser les picotements qui précédaient les larmes.

Seigneur, était-il possible de tomber amoureuse en une toute petite semaine ?

Mon incapacité à reprendre mon souffle, mon esprit tourmenté et l'angoisse qui secouait mon corps me criaient que oui. L'affronter au début de notre rencontre avait été ma parade avant l'accouplement. Ensuite, je lui avais donné mon corps et, en même temps, mon cœur. Un cœur aujourd'hui meurtri sans avoir eu la chance de prendre son essor.

Dès l'instant où il m'avait expliqué pourquoi il avait consacré sa vie à aider les gens, il avait signé ma fin.

Je ne pouvais pas lui en vouloir. Il ne s'était jamais caché.

Peut-être était-ce mieux ainsi. Que le bonheur m'ait été retiré avant que je puisse vraiment y goûter serait un peu plus tard une bénédiction.

Je contemplai l'horizon avec ses stries pourpres, annonciatrices de l'aube, qui se détachaient sur un ciel d'encre. Tout près du lac, je repérai Kurt, le garde du corps. Je n'avais pas fermé l'œil de la nuit, ce qui n'avait rien d'étonnant. Mais j'avais eu assez de moments de lucidité pour avoir la confirmation que c'était bien le code de Sanjeet qui avait saboté le bêta test.

Mon cœur se serra de nouveau, mais j'étais soulagée de ne pas avoir à régler cela avec Caleb. Je réparerais le code de mon côté et le testerais avant la prochaine réunion.

Plus que jamais, j'avais besoin de contrôler pleinement ma vie car cette douleur qui me ravageait de l'intérieur n'avait pas fini de me torturer.

Caleb

Je me réveillai en sursaut d'un sommeil rempli d'images où apparaissaient tantôt ma mère, tantôt Lily. Tandis que je les regardais en criant, leurs silhouettes se brouillaient puis s'éloignaient de plus en plus, jusqu'à être hors de portée.

Je me redressai péniblement, le T-shirt trempé, envahi par un sentiment de soulagement teinté de culpabilité qui se mua aussitôt en douleur.

Au cours des quatre derniers jours, le scénario avait été le même.

À la lueur froide du jour, je pouvais occuper mon esprit, même si c'était difficile. Mais dans mes rêves, j'étais impuissant face à ce manque cruel. J'étais incapable de combattre les puissantes émotions qui m'arrachaient à mon sommeil uniquement pour se moquer de la vacuité de ma vie.

Je regardai par la fenêtre de la chambre d'amis du chalet sans retrouver la paix qui m'envahissait d'ordinaire dans cet endroit.

Pourquoi avais-je installé Lily dans ma chambre ?

Pour mieux pouvoir me torturer avec des images la représentant quand elle serait partie ?

L'idée perverse d'avoir alors quelque chose à quoi me raccrocher m'apaisa un peu.

Et merde…

Je me levai, changeai de T-shirt, enfilai un pantalon de survêtement et pris mon téléphone. En m'approchant de la porte, je sentis mon cœur s'emballer.

Je me dis que l'odeur du café ne voulait rien dire. Le manque de sommeil et les quelques verres que j'avais bus dans l'avion avaient embué mon esprit. J'avais très bien pu programmer la machine moi-même quand j'étais arrivé à… Je ne savais plus quelle heure.

J'entrai dans le salon, je la vis, et le temps s'arrêta.

Elle était assise en tailleur sur le canapé près de la fenêtre, auréolée par les premiers rayons de soleil.

Le cuir et la dentelle qui composaient d'ordinaire sa tenue avaient été remplacés par un simple T-shirt noir et un short en coton. Toutefois, elle portait toujours son ras-de-cou et ses manchettes cloutées.

Elle ne m'avait pas encore vu. J'avais besoin

d'une minute pour imprimer son image dans ma mémoire. J'avais dit certaines choses sur lesquelles je ne pouvais plus revenir.

Bon sang, je m'étais comporté comme le pire des goujats. Et il y avait de fortes chances pour que Lily soit partie avant la tombée de la nuit.

Néanmoins, j'avais encore besoin d'une petite minute pour comprendre qu'elle était toujours là. Son beau visage… son corps… m'avaient tant manqué.

Dans mes rêves, Lily était aussi spectaculaire qu'insaisissable, mais la réalité était infiniment plus belle. Je m'approchai d'elle, attiré comme par un aimant.

Elle était absorbée dans son travail. Ses doigts dansaient sur le clavier à un rythme hypnotisant. Les écouteurs dans ses oreilles l'empêchaient de m'entendre.

Pourtant, je désirais de toutes mes forces sentir ses prunelles émeraude se poser sur moi.

Comme si elle avait entendu mes pensées, ses doigts se figèrent.

Elle leva brusquement la tête, les yeux écarquillés, puis son regard s'assombrit. Son expression impassible me fit l'effet d'un coup de poing dans le ventre. J'essayai de l'encaisser en m'avançant vers elle.

— Salut.

Elle me lança un regard méfiant tout en ôtant ses écouteurs.

— Je ne t'ai pas… Quand es-tu rentré ?

— Très tard dans la nuit. Ou très tôt ce matin.

Elle parut encore plus sur ses gardes.

— Tout va bien ?

J'hésitai à lui répondre.

Une fois que je l'aurais fait, tout serait terminé. Plus rien ne l'empêcherait de partir. Une grande partie de moi voulait temporiser, comme lorsque j'avais voulu arrêter le temps sous la douche et sur le terrain vague. Chaque instant avec Lily méritait d'être gravé dans le marbre de mes souvenirs.

Mais égoïstement, le monde continua de tourner. Je serrai les dents en désignant le canapé.

— Puis-je m'asseoir ?

Elle me regarda d'un air absent puis elle haussa les épaules.

— C'est ta maison, Caleb.

Son ton était froid et indifférent.

J'ignorai la douleur qui comprimait mes poumons et m'assit. En voyant Lily se raidir et plier un peu plus ses jambes sous elle, je serrai les poings.

J'avais vraiment réussi à tout gâcher…

— Caleb ?

Lily tenait d'une main crispée le capot de son ordinateur.

Je m'éclaircis la voix et lançai l'application vidéo sur mon téléphone. Dans une pièce sombre et grise, séparés par un bureau et deux fauteuils, deux hommes se faisaient face.

Je désignai le plus jeune.

— Tu le connais ?

Lily posa l'ordinateur à côté d'elle.

— Non. Je devrais ?

— Il s'appelle Eric Vasiliev. Il travaille pour Baitlin Tech.

Elle cligna les yeux.

— Baitlin se trouvait sur la liste que je t'ai donnée.

Je hochai la tête.

— C'est aussi le colocataire de Sanjeet.

Un éclair inquiet traversa son regard.

— D'accord. Et l'autre homme ?

— C'est un ami. Il travaille pour le maintien de l'ordre. Il m'a rendu un fier service.

— Comment cela ?

— Il a interrogé les autres personnes de la liste et m'a aidé à combler certains points d'ombre.

Elle retint son souffle et me regarda, pleine d'espoir.

— Essaies-tu de me dire que… tu as trouvé la personne qui me harcèle ?

Je lui souris.

— Oui. Inutile de t'inquiéter. Ils ont été arrêtés. Et ton algorithme est sauf.

Le soulagement détendit les traits de son visage. Elle posa la main sur ses lèvres.

— Oh ! mon Dieu, murmura-t-elle.

Je brûlais tellement de la toucher.

Elle inspira plusieurs fois puis braqua les yeux sur son écran.

— Sanjeet est impliqué dans tout cela ?

— Pas directement. Mais il est à l'origine de cette affaire malgré lui. Eric a vu ce sur quoi il travaillait lors d'un appel en FaceTime. Il lui a posé quelques questions, et cela lui a suffi pour se faire une idée de la nature de ton projet.

— Mais Sanjeet n'était qu'un membre subalterne de l'équipe et les autres ne se connaissaient pas entre eux.

Je déclenchai la deuxième vidéo.

— Eux, non, mais elle, oui.

Lily contempla la vidéo avec une expression de douleur et de colère mêlées.

— Miranda ?

— Oui. Elle avait accès à tout ce qui te concernait. Il lui suffisait d'écouter, d'observer, et de dire à Eric à quel moment frapper.

— Mais pourquoi ?

La souffrance qui étranglait sa voix me bouleversa. J'aurais tant voulu absorber cette douleur.

— L'argent. Elle sortait avec Eric. Ils ont élaboré ce plan ensemble. Il leur suffisait de déstabiliser l'équipe, et de te harceler dans l'espoir que tu commettes une erreur. Au cas où cela ne fonctionnerait pas, ils avaient prévu d'avoir recours au chantage pour obtenir le code. Une guerre d'enchères avait déjà lieu avec six pays étrangers.

— Elle a dit tout cela à ton ami ?

J'acquiesçai.

— Nous avons tout enregistré.

— Oh ! mon Dieu.

Ses yeux se remplirent de larmes.

Incapable de me retenir, j'essayai de la prendre

dans mes bras mais elle s'écarta brusquement, bondit sur ses pieds et se dirigea vers la fenêtre.

Je jetai mon téléphone sur la table basse et ravalai la douleur nichée dans ma gorge.

Après une courte minute, elle s'essuya les yeux. Lorsqu'elle se tourna vers moi, son visage était froid et impassible.

— Tout est donc terminé. Je peux partir ?

Je rassemblai toutes les forces qui étaient en moi pour serrer les dents et ne pas lui répondre. Mais la partie de moi qui brûlait de lui donner ce qu'elle voulait m'obligea à acquiescer.

— La police va avoir besoin de ta déclaration, mais les aveux qu'ils ont devraient leur suffire.

Puis, incapable de rester immobile, je me levai à mon tour.

— Lily…

— Je veux partir, tout de suite. S'il te plaît.

Non. Non !

D'un seul coup d'œil, je compris que ma petite furie était de retour, prête à faire pleuvoir le feu et le souffre sur moi si je n'accédais pas à sa requête.

— Lily, il faut qu'on parle.

Elle secoua la tête.

— Je dois préparer mon sac.

Elle se dirigea en courant vers le couloir.

Je la suivis parce que j'en avais assez de me sentir aussi mal.

Je frappai à sa porte. Comme elle ne répondait pas, j'entrai. Elle tenait un chemisier dans sa main et regardait d'un air absent son sac de voyage. Je pris quelques secondes pour observer son visage.

Puis elle leva brusquement la tête et ses traits se crispèrent.

— Qu'est-ce que tu veux, Caleb ? Je n'ai rien d'autre à dire.

Ses yeux brillaient d'un éclat rebelle lorsqu'elle leva vers moi son adorable menton.

— D'accord, je t'écoute.

Je serrai les poings. L'ampleur de mon désir pesait lourdement sur ma poitrine. Mais je me lançai.

— Je ne veux pas que tu partes. Notre histoire vient à peine de commencer. Je veux que tu me reviennes.

Un éclair brilla dans ses yeux, trop fugace pour que je puisse le décrypter.

— Pour que je te revienne, il faudrait d'abord que j'aie été à toi, pas vrai ? demanda-t-elle d'un ton léger.

— Comment cela ?

Elle jeta son chemisier dans son sac.

— Oublions cela quelques instants. Tu veux que je te revienne pour combien de temps ?

Je fronçai les sourcils.

— Lily…

— Une semaine ? Un mois ? Deux mois ?

Je haussai les épaules.

— C'est quelque chose que nous pouvons définir ensemble.

Le tintement aigre de son rire moqueur me transperça le cœur.

— Comment ? reprit-elle. Sur quels critères ? Lorsque notre désir commencera à se tarir ? Lorsqu'une prochaine mission plus excitante se présentera ?

— Si tu veux que je te dise combien de temps ça durera, j'en suis incapable, rétorquai-je avec plus de véhémence que voulu.

Elle pâlit. Je tendis les mains vers elle. Elle tressaillit. Ce n'était pas ainsi que j'avais prévu nos retrouvailles. Pas du tout.

— Lily, je…

— Pourquoi as-tu décidé d'exercer ce métier, Caleb ?

La question me prit de court. Elle s'était exprimée avec raideur mais son regard affûté essayait de me mettre à nu.

Je n'aimais pas qu'on m'analyse. Pas tant que cette révolte vivait en moi.

— Pourquoi pas ce métier ? répliquai-je.

— Ce n'est pas une réponse. Tu veux que je te dise ce que je crois ? Tu aimes le pouvoir que cela te donne. Mais mieux encore, tu aimes le côté éphémère de chaque mission. Tu n'as pas besoin de t'investir à long terme. Tu arrives, prêt à faire feu, et tu répares ce qui ne va pas. Et ensuite, tu t'en vas. C'est bien cela ?

Je la regardai fixement en essayant de calmer ma colère. Je ne parvins qu'à élargir le fossé qui s'était formé entre nous.

— Oui, dis-je enfin.

Après tout, c'était la vérité.

Elle se tourna vers la fenêtre, puis pivota vers moi.

— Eh bien, tu as ta réponse. Tu ne peux rien garantir au-delà de ta prochaine mission. C'est ta raison de vivre. C'est tout ce qui importe pour toi. Mais tu sais ce que tu es encore plus incapable de garantir ? C'est ton beau score. Tôt ou tard, tu devras accepter que certaines choses ne sont pas réparables.

La douleur s'intensifia.

— Mais de quoi parles-tu, bon sang ?

Elle soupira.

— Peu importe. Je sais juste que je ne veux pas être la prochaine personne que tu auras envie de sauver, Caleb.

À travers le bourdonnement de mes oreilles, j'entendis le bruit de la fermeture de son sac, puis l'écho de ses pas dans le couloir.

Quelques instants plus tard, un moteur de voiture s'alluma, monta en puissance, puis mourut lentement.

15

Caleb
Un mois plus tard

— Pourquoi le dossier Landon ne se trouve-t-il pas sur mon bureau ? grondai-je. Je l'ai demandé il y a plus de vingt minutes. Que se passe-t-il ?

Maggie referma à la hâte le capot de son ordinateur.

— Rien !

Je la regardai fixement. L'irritation qui m'habitait depuis des semaines menaçait de me faire exploser.

— Si vous voulez regarder des films pornos, vous pouvez le faire, mais sur votre temps libre, et non sur votre lieu de travail. Plus sérieusement, je croyais que vous saviez mentir mieux que cela.

Maggie souffla bruyamment.

— Vous avez cinq secondes pour avouer, avant que je vous renvoie pour usage inapproprié d'un bien de l'entreprise.

À nouveau elle soupira, ouvrit son ordinateur et appuya sur la touche « Lecture ».

La voix douce et sensuelle qui hantait mes rêves résonna dans les haut-parleurs. Je contournai le bureau de Maggie, la gorge serrée.

Elle était là.

Lily. Elle donnait une autre interview.

J'avais tout fait pour éviter de lire la presse technique depuis qu'elle m'avait quitté à Lake Tahoe.

J'essayai d'invoquer toute la colère qui me tenaillait depuis qu'elle était partie. Je ne ressentis que l'arrière-goût terreux d'une situation mal gérée.

« Je ne veux pas être la prochaine personne que tu auras envie de sauver. »

Je reniflai bruyamment. Lily Gracen me poursuivait jour et nuit sans que je puisse lui échapper.

Je l'avais dans la peau et je ne pouvais plus faire trois pas sans penser à elle. J'ignorai si je devais me sentir en colère après elle ou m'en vouloir de l'avoir laissée devenir aussi proche de moi.

Certaines choses ne pouvaient pas être réparées…

Ironiquement, en brouillant les lignes, elle m'avait forcé à redéfinir mes limites, à analyser les chaînes dont je m'étais entouré depuis la mort de ma mère. Certaines d'entre elles étaient rouillées, et étonnamment, je les avais brisées sans peine, ce qui m'avait permis de respirer bien mieux que je ne l'avais fait depuis très longtemps.

Pour d'autres, les choses avaient été moins simples.

L'un dans l'autre, Lily m'avait forcé à regarder beaucoup trop loin. Ce qui expliquait pourquoi j'étais toujours en colère.

Et elle était là, à parler avec insouciance.

Elle était magnifique, vêtue comme à son habitude de noir. Avec… une paire de lunettes rectangulaire très stylée posées sur son nez.

Bon sang.

Ce dernier jour dans la Silicon Valley, alors que j'étais assis sur le siège passager de sa minuscule voiture et que je la regardais rire, habillée de ce short aguichant, j'avais pensé qu'elle ne pouvait pas être plus magnifique.

Je venais de découvrir le contraire.

— Heu… Chef ?

Je pris un air renfrogné.

— Je voulais juste vérifier si vous respiriez encore, c'est tout.

J'arrachai mes yeux de l'écran.

— Je ne vous paye pas pour rester assise à regarder toute la journée des vidéos sur Internet, Maggie.

Elle hocha la tête avec sagesse.

— J'imagine alors que vous ne voulez pas non plus voir ce que je viens d'envoyer sur votre téléphone.

Mon expression s'assombrit encore plus.

— De quoi s'agit-il ? demandai-je en sortant l'appareil de ma poche.

C'était une invitation pour la soirée d'inauguration que donnait SDM. Cinq cents dollars la place. Elle commençait à 20 heures, ce soir.

Un long frisson fit trembler mon bras et se propagea dans mon corps.

— Pourquoi diable m'avez-vous envoyé ça ?

— Parce que je vis dans la terreur de voir pousser chez vous un vrai bec et de vraies griffes, et que mes parents ne retrouvent plus de moi qu'une carcasse desséchée.

— Croyez-moi. Si jamais je me transforme en bête féroce, vous ne serez pas mon premier repas.

Je connaissais une personne qui avait bien meilleur goût. Qui était délicieuse, en réalité. Et je serais prêt à mourir pour elle si seulement l'occasion m'en était donnée.

— Très bien mais à titre d'information, ce sera sa dernière soirée chez SDM. Qui sait où elle disparaîtra ensuite ?

Ses paroles remplirent mon cœur de panique et me contrarièrent encore plus. Je revins en trombe dans mon bureau.

— Je ne peux pas y aller. J'ai trop de travail.

— D'accord. Mais vous savez que c'est faux.

Je me laissai tomber dans mon fauteuil et m'efforçai de ne pas loucher sur l'invitation. Je résistai cinq minutes.

— Maggie !

— Oui, chef, votre smoking est prêt.

Parfait. Je tenais l'occasion rêvée de clarifier plusieurs choses avec Lily Gracen.

Une bonne fois pour toutes.

Lily

La terrasse du Griffith Observatory était un endroit de rêve, surtout pour sa vue à couper le souffle sur Los Angeles la nuit. Mais décorée avec des spots, et parsemée d'une montagne de caviar et de fontaines de champagne, elle était encore plus belle. Et ce, avant même que les célébrités et les P-DG des plus grosses entreprises du pays n'accourent du monde entier pour ajouter leur lustre à la fête.

Après deux semaines de publicité intensive, cette soirée de bienfaisance inaugurait officiellement le lancement de l'algorithme de compression de SDM. Ce serait aussi ma dernière apparition comme ambassadrice de l'avancée technologique ayant eu le plus fort retentissement dans ce domaine. Après cette soirée, je serais libre. Je n'aurais plus jamais besoin de poser les yeux sur Chance Donovan ou sur mon beau-père.

Même si cette idée m'arrachait un pincement de douleur, je m'étais fait une raison. Pour la première fois de ma vie, je pourrais aller de l'avant sans entraves.

J'avais conclu le jour même l'achat du cinéma en plein air désaffecté, et j'avais dans la foulée déposé un permis de construire pour en faire des bureaux. Je voulais créer ma propre entreprise spécialisée dans les technologies et, malgré la peur qui me tenaillait le ventre, je me sentais très excitée.

De plus, le fait de créer une société m'aiderait à ne plus penser à Caleb.

Les personnes qui prétendaient que le temps guérissait toutes les blessures étaient des imbéciles. À chaque jour qui passait, le trou dans ma poitrine s'élargissait un peu plus. Parfois, je craignais de succomber au traumatisme brutal que j'endurais chaque jour, simplement parce que je désirais plus que tout revivre cette nuit parfaite qui ne pourrait plus jamais exister.

Mais en étais-je vraiment sûre ? Ou avais-je refermé la porte derrière moi parce que j'étais blessée et que je n'avais jamais voulu regarder en arrière ?

Ces questions en suspens expliquaient pourquoi je n'avais jamais effacé de mon téléphone le dernier message de Caleb, qui remontait à deux semaines. Ou peut-être était-ce parce que j'aimais souffrir.

Avait-il tourné la page ? Était-il en ce moment même accaparé par une nouvelle mission excitante ?

— Il paraît qu'il est révolutionnaire, dit quelqu'un derrière moi. Comme l'ont-ils appelé, déjà ?

— L'algorithme d'Angel, répondit une voix grave que je reconnus aussitôt.

Seigneur. C'était *sa* voix…

— Pourquoi Angel ?

— Parce que c'est le deuxième prénom de sa créatrice, répondit Caleb.

— Oh ! très ingénieux, s'extasia la femme.

— Entièrement d'accord. Elle est unique au monde.

Je pivotai lentement, la gorge serrée. Il n'était qu'à deux mètres de moi. Il était splendide dans son smoking noir et sa chemise d'un blanc immaculé. Son visage paraissait un peu plus maigre mais sa barbe naissante et ses cheveux légèrement décoiffés lui allaient à merveille. Je n'aurais pas pu détourner les yeux de lui, même si la terre s'était dérobée sous mes pieds.

La foule sembla s'écarter et bientôt, il me domina magnifiquement de toute sa taille.

— Je ne me suis pas trompé, n'est-ce pas ?

Incapable de respirer, j'acquiesçai en silence.

— C'est le diminutif d'Angela, répondis-je. Chance m'a laissé le baptiser. Après avoir vu le programme qui allait rapporter des millions, pour lui et son entreprise, il était tellement heureux qu'il m'a laissée lui donner un nom. Malgré la façon dont notre relation a commencé, elle s'est terminée comme je le voulais. Nous sommes arrivés à un accord dont je suis fière. J'ai décidé d'abandonner toutes mes rancunes.

— C'est un très beau nom.

Le ton de Caleb était un peu brutal. Il me parcourut d'un regard fiévreux.

— Salut, Lily.

— Salut, murmurai-je.

— Tu es… sensationnelle.

— Merci.

En hommage à cette soirée, je m'étais habillée différemment. J'étais en blanc de la tête aux pieds. Seules les semelles rouges de mes chaussures à talons compensés apportaient une touche de couleur à ma tenue. Des épingles ornées de diamants et de perles retenaient mes cheveux coiffés en arrière, et même mon ras-de-cou était en cuir blanc.

Le regard de Caleb s'y attarda longuement et embrasa mon corps.

— Pouvons-nous parler, Lily ?

Je devais refuser. Nous épargner plus de douleur.

— Oui.

Caleb parut soulagé. Il commença à tendre les mains vers moi. Quelqu'un me bouscula et me fit chanceler vers l'avant.

— Bon, ça suffit, grogna Caleb.

Il prit mon verre de champagne à moitié vide, mêla ses doigts aux miens et m'entraîna avec lui à travers la foule.

— Où m'emmènes-tu ?

— Tu verras.

— Mais... je ne peux pas quitter la soirée.

— Tu as donné l'algorithme à Donovan. Tu as fini tes discours. Tu ne lui dois rien. De plus, nous devons reprendre la dernière conversation que nous avons eue à Lake Tahoe. Il y a plusieurs choses que je n'ai pas pu te dire.

Il me serra plus fort tandis que nous descendions vers l'étage inférieur. Puis il accéléra de nouveau le pas.

— Bon sang, ton côté autoritaire ne m'avait pas du tout manqué, marmonnai-je.

J'essayai de lui faire sentir mon irritation mais

le ronronnement que je sentais pulser dans mes veines n'était pas signe de colère, mais de joie.

— Je n'en suis pas si sûr. Sinon, tu ne presserais pas le pas pour me rattraper.

Il avait raison. J'étais prête à aller n'importe où avec cet homme, mais à quel prix ?

— Je veux savoir où nous allons, insistai-je.

— Ici, répondit-il à voix basse avant d'ouvrir une porte.

J'entrai puis retins mon souffle.

— Nous n'avons pas le droit d'être là, murmurai-je doucement.

Mais mon excitation monta d'un cran quand je levai les yeux vers l'époustouflante constellation qui ornait le plafond du planétarium.

Il remonta les mains le long de mes poignets, de mes bras, puis les posa sur mes épaules. Je levai les yeux vers lui et lus toutes les émotions qui traversaient son visage.

— Je suis très en colère après toi, lâcha-t-il.

Je retins mon souffle.

— Comment ?

— Tu as très bien entendu. Mais bon sang, tu m'as manqué. Tellement manqué, dit-il d'une voix hachée par la rage.

Je me retins de lui dire que lui aussi m'avait manqué.

— Vraiment ? Et toi, tu t'es très mal comporté avec moi.

Le chagrin assombrit son visage.

— Crois-moi, je le sais. Je ferais n'importe quoi pour revenir en arrière.

Ma gorge se serra. Mon excitation disparut au profit d'une atroce douleur.

— Vraiment ? Mais pourquoi ?

— Parce que tu ne le méritais pas. Tu ne méritais pas d'entendre un seul mot de ce que je t'ai dit.

— Tu en es sûr ? Parce qu'il n'y a aucune honte à reconnaître qu'il n'y a pas de place pour moi dans ta vie.

J'avais eu du mal à le dire, mais je devais le faire.

Il secoua farouchement la tête.

— Ce n'est pas…

— J'ai vu à quel point tu étais dévasté quand tu m'as parlé de ta mère. Tu t'en veux. Tu as remué ciel et terre pour elle et pourtant, elle est morte. Ensuite, tu as décidé de ne plus jamais t'attacher à personne. Je me trompe ?

Il me fixa un long moment, puis il soupira.

— Oui. J'aimerais te dire que j'ai eu beaucoup de mal à fermer la porte aux gens mais… après sa mort, cela a été facile de le faire, de mettre un mouchoir sur ma douleur et de devenir le loup solitaire dont personne ne dépendait. Jusqu'à Kirsten.

Mon cœur se serra de douleur pour lui. Et pour moi.

— Elle aussi t'a abandonné.

Il pinça les lèvres.

— Je n'ai pas envie de parler d'elle. Elle n'est pas importante. Elle ne l'est plus. Elle n'était qu'une béquille dont je me suis servi pour m'éloigner. La solution qui consistait à rompre toute relation selon mes conditions avant que les choses deviennent trop lourdes à porter n'appartenait qu'à moi. Elle me convenait très bien. Jusqu'à ce que je te rencontre. Tu m'as obligé à me regarder longuement et durement.

Je sentis l'air quitter mes poumons.

— Caleb…

— M'éloigner de toi est ce que j'ai fait de plus dur dans ma vie, Lily.

Ce souvenir raviva ma souffrance.

— Dans ce cas, pourquoi l'avoir fait ?

— J'ai baissé la garde avec toi. Mon instinct m'avait mis en garde à propos de Miranda, mais j'ai vu à quel point tu étais proche de ton équipe. Et d'elle. Je savais que tu te sentirais blessée si c'était elle, et je ne voulais pas t'infliger cette souffrance. J'ai hésité alors que j'aurais pu agir plus tôt. Puis il y a eu cette effraction et je me suis dit que j'aurais pu te perdre. Finalement, c'est ce que j'ai fait en te repoussant, alors que j'aurais dû te prendre dans mes bras.

— Je croyais que tu avais des vues sur Miranda.

Caleb effleura ma gorge de ses doigts et je m'aperçus que je serrais ses poignets.

— J'ai des vues sur une jolie petite blonde avec un cœur en or, le courage d'un lion et un corps capable de perturber la circulation.

— Elle aussi a des vues sur toi, mais elle est terrifiée à l'idée que ton métier soit ta seule obsession. De ne pas pouvoir rivaliser avec cette vocation. Tu as choisi de faire ce que tu fais pour aider les autres, mais aussi pour garder un lien avec ta mère. Je ne sais pas si je serai capable de lutter avec ça.

— Dès l'instant où tu es entrée dans ma vie, la compétition s'est terminée. Cliente ou non, je t'aurais poursuivie de mes ardeurs. Mon cœur et mon âme avaient désespérément besoin de toi bien avant que je comprenne ce qui se passait. Cet épisode à Lake Tahoe était une façon bien maladroite de te dire que je ne pouvais pas vivre sans toi.

— Oh ! Caleb.

— Je me sens misérable sans toi. L'idée de me réveiller chaque matin sans toi pour le reste de ma vie est…

Il s'interrompit, secoua la tête, puis il prit d'une main tremblante mon visage pour le lever vers le sien.

— Si une seule partie de toi ressent une parcelle de ce que je ressens, alors donne-moi une chance de nous rendre heureux.

Je sentis naître une étincelle d'espoir.

— Tu le penses vraiment ?

— De tout mon être, dit-il dans un souffle.

— Oh ! mon Dieu.

Ses prunelles fiévreuses me transpercèrent.

— Dois-je penser que… tu vas y réfléchir, Lily ?

— Je n'en ai pas besoin. Je me demandais à

quel point ce serait merveilleux de me réveiller chaque matin avec toi.

Je sentis ses doigts trembler sur ma joue.

— Et ?

— Cela me plairait beaucoup, Caleb. Vraiment beaucoup.

Un sourire éblouissant éclaira son visage.

— Seigneur, Lily… Je t'aime.

L'espoir se mua en joie et remplit chaque partie de mon être cabossé d'une vie nouvelle et vibrante. Mes yeux s'embuèrent aussitôt.

— Je t'aime aussi, dis-je d'une petite voix plaintive.

Stupéfait, Caleb me regarda quelques instants, puis l'homme grand et beau qu'il était me souleva dans ses bras. J'aperçus tout de même un éclat suspect dans ses yeux.

Il plaqua ses lèvres sur les miennes et mon cœur soupira de bonheur. Toujours blottie dans ses bras, je le sentis bouger. Il se laissa tomber dans un fauteuil en me posant devant lui. Ses mains caressèrent mon visage, mon cou, mes doigts. Il me couva de ses prunelles remplies d'adoration en glissant les mains sous ma robe.

— Je t'ai vue à la télévision.

Je sentis ses doigts remonter le long de mes cuisses.

— Oui, j'ai passé beaucoup de temps sur les plateaux dernièrement, murmurai-je.

Il hocha la tête.

— Tu étais… incroyable.

— Oui, tu l'as déjà dit, le taquinai-je.

Il fredonna en effleurant le bord de mon string.

— J'avais ce fantasme lorsque je t'ai vue donner cette interview sur TechCrunch.

— Vraiment ?

Je commençai à haleter mais cela m'était égal.

Il introduisit deux doigts sous la dentelle et la fit glisser le long de mes jambes.

— Hum. Tu débitais tous ces mots techniques et tous ces chiffres. Je me suis alors promis que si je parvenais à te retrouver, je te ferais réciter la suite de Fibonacci tout en te faisant longuement l'amour.

Mon halètement résonna dans la vaste pièce.

— Oh ! mon Dieu.

Il tapota mes jambes. J'ôtai mon string et il le rangea dans la poche de sa veste.

— Ce n'est pas tout. Dans mon fantasme, tu ne portais rien d'autre qu'un ras-de-cou, tes lunettes rectangulaires et les chaussures à talons noirs que tu avais sur la couverture de *Wired* lorsque tu as annoncé que tu allais créer ta propre entreprise. Je suis terriblement fier de toi, d'ailleurs.

J'avais l'impression que mon cœur allait exploser de joie.

— Tu as regardé toutes mes interviews ?

— Toutes, sans exception. Deux fois. J'ai aussi acheté tous les magazines sur lesquels tu figurais. Mon après-midi a été très chargé.

Il sortit un préservatif de son portefeuille et

me le tendit, puis il défit sa ceinture et baissa sa fermeture Éclair.

— Eh bien. Si je ne vous connaissais pas mieux, je dirais que vous êtes obsédé par moi, monsieur Steele.

Il planta son regard dans le mien.

— C'est plus qu'une obsession. Tu es ma raison de vivre.

Mes doigts tremblèrent en déchirant le sachet du préservatif. Puis tout mon corps fut pris de tremblements lorsqu'il sortit son sexe splendide.

Je me penchai vers lui et embrassai ses lèvres merveilleuses avant de me baisser pour faire de même avec son sexe. Son juron étranglé était une douce musique à mes oreilles.

Dès que je lui eus enfilé le préservatif, il m'attira vers lui, m'assit à califourchon sur ses genoux et me regarda avec des yeux brillant d'un amour sans limite. Je posai les mains sur ses épaules avant de m'empaler sur lui avec une lenteur insoutenable. Son grognement se mêla au mien.

Une fois bien calé en moi, il resta immobile.

— Nous nous trouvons sous un milliard d'étoiles. Mais je te parie que nous pourrons toutes les toucher si nous le voulons vraiment très fort.

Je pris son visage entre mes mains.

— Rien ne me ferait plus plaisir que de toucher les étoiles avec toi. Oh ! Caleb. Je t'aime.

— Je t'aime aussi. Et je vais passer le reste de

ma vie à te rendre incroyablement et merveilleusement heureuse, promit-il.

Je posai mes lèvres sur les siennes et lui promis en silence que, tant que le soleil se lèverait chaque matin, je l'aimerais et l'adorerais en retour.

Liaison interdite, de Riley Pine - N°25

Lorsqu'il rencontre Juliet, l'héritière du royaume ennemi du sien, Damien n'a plus qu'une idée en tête : prendre la virginité de la belle et naïve princesse, par pure provocation. Car Damien, prince rebelle d'Edenvale, s'est toujours considéré comme un fauteur de troubles. Un paria qui ne mérite ni la gloire ni l'amour. Même si, il doit bien le reconnaître, Juliet ne le laisse pas indifférent...

Un cœur rebelle, de Lauren Hawkeye - N°26

Faire comme les autres ? Jamais ! Beth a toujours mené sa vie comme elle l'entendait. C'est pourquoi elle partage son temps entre le garage automobile où elle travaille, et les bars, pour séduire les hommes de son choix. Jusqu'au jour où Ford Lassiter, un homme d'affaires guindé mais ultra-sexy, fait vaciller ses certitudes. Au point de lui donner envie de s'engager ?

Désirs et provocation, de J. Margot Critch - N°27

SÉRIE : SIN CITY BROTHERHOOD - TOME 3/3

Alex a trois passions : son travail, les femmes et le whisky hors d'âge. La première lui donne l'accès au luxe dont il raffole, les deux autres lui procurent un délassement bien mérité. Les trois réunies lui permettent d'oublier les fêlures du passé. Mais l'irruption de Maria Martinez dans sa vie fait exploser ses défenses. Problème : Maria est intouchable, car elle n'est autre que la sœur de son meilleur ami...

Composé et édité par HarperCollins France.

Achevé d'imprimer en mars 2019.

CPI
BLACK PRINT

Barcelone

Dépôt légal : avril 2019.

MIXTE
Papier issu de sources responsables
FSC® C108412

Pour limiter l'empreinte environnementale de ses livres, HarperCollins France s'engage à n'utiliser que du papier fabriqué à partir de bois provenant de forêts gérées durablement et de manière responsable.

Imprimé en Espagne.